Joseph Gottfried Schimann

Die Weiber oder was tut die Liebe nicht

Ein Lustspiel in drei Aufzügen

Joseph Gottfried Schimann

Die Weiber oder was tut die Liebe nicht
Ein Lustspiel in drei Aufzügen

ISBN/EAN: 9783743658479

Hergestellt in Europa, USA, Kanada, Australien, Japan

Cover: Foto ©Andreas Hilbeck / pixelio.de

Weitere Bücher finden Sie auf **www.hansebooks.com**

Vorrede.

Der gütige Beyfall, den ein Hohes, gnädiges und schätzbares Publikum vor anderthalb Jahren meinem ersten kleinen Versuch gewährte, ermunterte mich einen zweyten größeren zu wagen. Der Stoff ist wie bey Jenem eine kleine lustige Hausgeschichte, von der ich selbst ein Zuschauer war. Ob ich meiner Pflicht Genüge gethan, ob das Gute darinn so beschaffen ist, daß ich mir für das Mangelhafte Nachsicht versprechen dürfe, erwarte ich in tiefster Unterwerfung von Seinem entscheidenden Ausspruche.

Personen.

Hr. von Biederfall.
Euphrosine. ⎫
Antoinette. ⎬ seine Schwestern.
Felizitas.   ⎭
Sophie Tochter der Felizitas.
Hr. von Rose.
Martin, Diener des Biederfalls.
Louise.   ⎫
Johann.   ⎬ Hausbediente.
Kristine.   ⎪
Der Kutscher.⎭

Die Scene ist im Hause der Familie; im ersten Akt das Zimmer des Biederfalls. Im zweyten und dritten ein gemeinschäftlicher Saal.

Erster Aufzug

Erster Auftritt.

Biederfall im Schlafrocke. Martin.
Jeder sitzt bey einem Buche und liest.

Biederfall
das Buch vor sich hinlegend.

Bey meiner Seele, der Mann hat Recht! der Ursprung aller Plagen, eine Klippe woran so viele gescheitert und doch stößt sich ein Jeder die Nase daran.

Martin. (Der unter dem Lesen immer den Kopf schüttelt.) Der Henker hole mich, wenn ich ein Wort verstehe, du verdammter Tristramgistus! (liest fort)

Biederfall. Aber unser Loos ist, immer im Finstern herum tappen. Man vermeidet den Stein, der uns im Weg liegt, paff, liegt man daneben in der Grube!

Martin (äußert seinen Unwillen über das Buch)

Biederfall. Entferne dich von den Weibern, lebe für dich in deinem väterlichen Hause, so bist du von ihren Thorheiten gesichert: der beste Gedanke, der sich nur denken läßt! Aber da führt mir der Tod dreyer Ehestandsmartyrer einen Schwarm verwittweter Närrinnen und noch obendarein eine Nichte über den Hals, und macht mein Haus zum Sammelplatz, mich zum Zuschauer aller erdenklichen Thorheiten.

Martin. (Der das Buch hinwirft, und unwillig aufspringt.) Nein, das ist nicht auszuhalten!

Biederf. (Der dadurch aufmerksam wird). Was giebts? wirst du toll Martin!

Martin. Der Henker möchte nicht, wenn man das Geschmierre da lesen muß.

Biederfall. Wie so, gefällt dirs etwa nicht?

Martin. Davon ist gar nicht die Rede, wenn man sich nur nicht ärgern dürffte schreibt der Narr ein Langes und Breites von sich selbst und jetzt kömmts heraus, daß er noch nicht einmal gebohren ist!

Biederfall. Nicht unartig Martin, für den Mann muß man Ehrfurcht haben. Wer weiß, wo deine Gedanken waren.

Mar-

Martin. Ganz recht, es mag ein guter ehrlicher Mann seyn: aber wissen möcht ich, wie ein Mensch schreiben kann, der noch nicht auf der Welt ist. Mein Seel, das wäre das erste Buch, das einer noch ungebohren geschrieben hätte.

Biederfall. Schweig! du bist ein Grütz-kopf, bey dem alle Mühe, dich zu deinem künftigen Glück vorzubereiten vergeblich ist.

Martin. Nun das begreif ich doch auch nicht. Ja wenn mir ein Buch sagte, wie ich mit leichter Mühe zu einem schönen und reichen Weibe kommen könnte, das ließe ich mir in Gold binden und wollte Tag und Nacht darinn lesen. Aber so soll ich erstlich an kein Frauenzimmer gedenken, und dann legen sie mir immer Bücher vor, von denen ich trotz alles Kopfbrechens nichts weiß, als daß ich gelesen habe: wenn das nicht seltsam ist —

Biederfall. Das denkest du, weil du zur Zeit die Wohlthat nicht einsiehst, die ich dir erweise. Sieh: wenn ich dir Bücher vorlege, die du nicht so leicht verstehest, so zieh ich deine Aufmerksamkeit von dem weib-lichen Geschlecht ab und auf andere Gegen-stände; nun vergißt du einige Zeit jenes Entfernte und denkest auf das, was du vor dir hast; das verursacht eine Zerstreuung, daraus entstehet eine kleine Gleichgültigkeit, die um so mehr zunimmt, je öfter du den Versuch machest.

Martin. Eine schöne Wohlthat, bey mei-ner Ehre!

Biederfall. Du zweifelſt noch? Haſt du nicht erſtens den Vortheil, daß dein Verſtand aufgekläret wird, daraus fließt der andere, daß du dieſes gefährliche Geſchlecht flieheſt, ehe deine Anhänglichkeit tiefere Wurzel ſchlägt; und iſt das nicht ein groſſer Theil der Glückſeligkeit, wenn man ohne dieſer Stöhrerinnen der allgemeinen Ruhe leben kann?

Martin. (kratzt ſich hinter den Ohren) Hm! Nach ihrer Art zu denken, mögen Sie wohl Recht haben, aber nach meiner — — ich weiß wohl, daß Ihnen die abgeſchmierteſte Skartecke lieber iſt als hundert Frauenzimmer, und ſehen Sie, mir iſt wieder ein halbes Frauenzimmer lieber als alle Bücher und Gelehrte. Es kömmt alles auf den Geſchmack an!

Biederfall. O du hirnloſer Wollüſtling! — Ich ſehe wohl, aller Saame meines guten Raths fällt auf einen unfruchtbaren Boden. So folge denn einer allgemeinen Thorheit, und ſchnappe nach einem Glück, das du nicht findeſt; opfere deine Ruhe einer vermeinten Schönheit, weide dich mit Seufzern, und bade dich in Thränen, verzehre die Hälfte deines Lebens mit Grämen und Harren; endlich erſcheint der Tag, dein Wunſch wird erfüllt, und was biſt du? Ein geduldiger Sklave oder ein gehörnter Martyrer, glücklicher Mann!

Martin. Ey wer wird denn allemal das ärgſte träumen? Und endlich, wenns Keinem beſſer geht, warum ſoll ich mirs beſſer wünſchen

schen, ein einfältiger Bedienter kann sich das wohl auch gefallen laſſen, was ſo viel vornehme und geſcheite Herren leiden müſſen. Aber beym Blitz, gnädiger Herr, die Frauenzimmer müſſen Ihnen ſehr übel mitgeſpielt haben, weil Sie ihnen ſo entſetzlich feind ſind?

Biederfall. Ja mein guter Junge, ich leugne es nicht, die Erfahrung hat mich klug gemacht. Auch ich träumte einſt den Gedanken eines geſellſchaftlichen Vergnügens, mit einer Gattinn; aber ich erwachte wider Willen. Ich durchwanderte alle Gattungen, ich ſtieg ſtuffenweis von meinen Prätenzionen herab, aber fand ich denn eine, die mich nicht durch Betrug, oder Thorheit verſcheuchet hätte!

Martin. Ja auf die Art haben Sie freylich Urſach, aber ich — mir haben die guten Kinder nichts zu Leide gethan, mit ihrem Verſtande war ich auch immer zufrieden; ſoll ich darum Allen gram ſeyn, weil Ihnen Dieſe oder Jene die Schelle angehängt hat?

Zweyter Auftritt.

Vorige. Louiſe.

Louiſe die den Kopf zur Thüre herein ſteckt.

Iſt es erlaubt?

Biederfall. (Sie erblickend) Ach meine Ruhezeit iſt wieder vorüber; nun wird der Plage.

Plage kein Ende seyn, gieb acht! (zu Louise.) Was giebts, was solls?

Martin. Laſſen Sie ſie nicht ſo hart an; von dem lieben Kinde iſt gewiß noch keine Mannsſeele betrogen worden.

Biederfall. Verlaß dich darauf, was noch nicht geſchehen iſt, wird nicht ausbleiben. Nun! — ohne Weitläufigkeit, wenn ich bitten darf.

Louiſe. Ich habe die Ehre in vielgeliebter Kürze zu melden, daß Fräulein Sophie, Ihre unterthänige Nichte Ihnen einen guten Morgen wünſchen läßt.

Biederfall. Weiter nichts?

Louiſe. Nur Geduld, übereilen Sie mich nicht. Ferner wünſcht eben dieſe unterthänige Nichte nur ein kleines, kleines Weilchen mit Ihnen allein zu ſprechen.

Biederfall. Wünſcht das Glück zu haben, wünſcht mich zu ſprechen; unterthänig oben, unterthänig unten, unterthänig von allen Seiten! Laßt doch eure gedrechſelten Höflichkeiten bey Seite; lieber will ich euere Grobheiten ertragen. Ziererreyen, unnützes Zeug, worüber man einſchlafen muß. Ich wünſche niemals etwas, auſſer was ich nicht haben kann; und das muß wohl ein erſtaunliches Glück ſeyn, wenn man mit mir ſprechen kann!

Louiſe. Um Vergebung, Ihre bekannte Abneigung gegen unſer Geſchlecht machet eine Unterredung mit ihnen, wenn wir ſie nöthig haben, uns gewiß ſo wünſchenswerth, daß
wir

wir es allemal für ein Glück halten müssen, wenn Sie uns anhören.

Biederfall. Ey, daß ich mit euch stritte und mir selbst den Staub in die Augen bliese! Sage nur deinem Fräulein, daß ihr Wunsch gewähret, folglich ihr Glück gemacht ist. Sie soll nur in Zukunft mit ihrem Glücke nicht so verschwenderisch seyn, und auch den Theil für sich allein behalten, den sie ohne Noth beschwerlichen Plaudermäulern zukommen läßt.

Martin (heimlich zu *Louise*). Das erste Kapitel, die Fortsetzung folgt ein andermal!

Louise. Ich verstehe Sie, und versichere, daß ich Ihr meinen Theil herzlich gern schenke! Ihre Dienerinn, Herr von Biederfall. Bis aufs Wiedersehen, schöner Herr Martin! (sie geht fort.)

Martin. Schöner Herr Martin? Das Mädchen zeigt, daß Sie Geschmack hat.

Louise. (zu *Christinen* die ihr unter der Thüre begegnet) Eben recht, mein Schatz, unser Strohmann ist heute in dem besten Humor! (ab.)

Dritter Auftritt.

Biederfall, Martin, Kristine.

Biederfall.

Wieder ein anderes Gespenst! Wenn ich mit einem fertig bin, gleich hat der Kobold ein neues da, das nimmt kein Ende!

Kri-

Kriſtin. Sachant votre invincible degout pour notre sexe — —

Biederfall. Ey hat ſie der Plunder ſchon wieder mit ihrer verwünſchten Naſenſprache da! wer deutſch verſteht, ſoll auch deutſch mit mir reden, das hat ſie oft genug gehöret.

Kriſtine. Verzeihen Ihr Gnaden — —

Biederfall. Sperre ſie ein andermal die Ohren auf, ſo hat ſie nicht nöthig um Vergebung zu bitten. Wenn ich Jemand vor mir habe, der meiner Sprache unkündig iſt, ſo fordert es Pflicht und Nothwendigkeit mich, wenn ich kann in der ſeinigen verſtändlich zu machen; ſo lange aber Deutſche mit Deutſchen oder Franzoſen mit Franzoſen reden, was hat der eine oder der andere nöthig ſeine Worte hundert Meilen weit herzuholen!

Kriſtine. Ganz recht Ihr Gnaden! aber ich glaube — —

Biederfall. Glaube ſie meinetwegen, was ſie will; meine Meinung iſt einmal ſo; beliebet es ihr eine andere zu haben, ſo mag ſie auch ſehen, wer ihr Antwort giebt.

Kriſtine. Ihr Gnaden wollen es: das wird mich entſchuldigen, wenn ich dem Willen meiner Gebieterinn zuwider handle.

Biederfall. Was kann denn ihr daran gelegen ſeyn, ob ſie in dieſer oder jener Sprache, ob ſie Ruſſiſch oder Hottentottiſch mit mir ſpricht?

Kri

Kristine. O mehr als Sie glauben. Es wird ihnen nicht unbekannt seyn, wie sehr Sie für alles, was nur nach Frankreich riecht, eingenommen ist; deutsche Sitten und Gebräuche sind ihr höchst zuwider, sogar die deutschen Tugenden scheinen ihr lächerlich; sie hat sich verschworen keinen Deutschen, außer einen nach französischem Schnitte du Siecle de Louis quatorze zu ihrem zweyten Mann zu nehmen. Um also die Schande zu vergessen, daß sie selbst eine Deutsche ist, und unter Deutschen lebt, befahl sie uns gestern bey Verlust unsers Dienstes ohne höchste Noth von dieser altgothischen Pferdesprache keinen Gebrauch zu machen; um also ihren Befehl nach zu kommen. — —

Biederfall. Genug, genug; das ist alles was man von einer Närrinn von diesem Schlag erwarten kann. Frisch, liebe Geduld, laß nun wieder auf dir herumreiten!

Martin. Wenn sie aber keine andere Sprache verstehen, wie müssen sie dann reden?

Kristine. O dafür ist gesorgt, wer nicht Französisch kann, hat keinen Anspruch auf ihre Bedienung zu machen.

Biederfall. O Gelassenheit, thue nur diesmal deine Schuldigkeit! — Und die wesentliche Ursach, die ihr so viele Unruhe macht, ist —

Kristine. Ein Traum, der sie die vorige Nacht sehr erschröckt hat.

Biederfall. Wie, was, ein Traum?

Kristine. Nicht anders. Weil sie nun weiß, daß Sie ein Mann von grosser Einsicht und Belesenheit sind —

Biederfall. So soll ich ihr ihren Traum auslegen?

Kristin. Getroffen gnädiger Herr!

Biederfall. (springt vor Aergerniß auf.) Nein, das ist zu toll! Was werden die Plagteufeln noch aus mir machen? Zu letzt fordern sie wohl gar, daß ich ihnen zum Zeitvertreib Pantoffeln werffen soll.— O ihr guten Männer! Ihr habt die Thorheiten einer einzigen mit dem Tode gebüßt; ich habe die Launen ihrer viere auszuhalten, was wird aus mir werden?

Kristine. Erlauben Sie, welche Antwort soll ich meiner gnädigen Frau sagen? Sie erwartet mich!

Biederfall. Ey sage sie ihr —— sage sie, was sie will!

Kristine. Um Vergebung, meine Gebieterinn ist sehr pünktlich und — —

Biederfall. (Nimmt sie aufgebracht bey der Hand und führt sie während seiner nachdrücklichen Rede zur Thüre) Nun so sage Sie ihr, sie soll mich vermög unseres Vertrags mit ihren Thorheiten zu frieden lassen; und damit ihr weder wachende noch schlaffende Träume Anlaß geben vernünftigen Leuten beschwerlich zu werden, so rathe ich ihr eine gute Dosis Nießwurz zu brauchen und durch Oefnung einer Hauptader ihren aufsteigenden Dünsten Luft zu machen.

Kristine. Mit dero Erlaubniß — —

Biederfall. (Einfallend) Mit dero Erlaubniß, Nießwurz und Aderlaß, nichts weiter.

Führt

(Führt sie vollends hinaus.) du sollst mir nicht wieder kommen, ist es doch nicht anders.— —

Vierter Auftritt.

Johann von einer andern Seite mit einem Papier, macht gleich beym Eintritt viele Reverrenzen und ausgeholte Gebährden.

Biederfall.

Was zum Henker, wieder ein neues Narrenstück?

Martin. Die Vorbereitung sieht ziemlich darnach aus.

Johann (Fährt in seinen Gebährden fort und räuspert sich) Kaum hat nach erloschenem Glanz der nächtlichen Lampen des Aethers— des Aethers, Klm! — die saffranfarbene Morgenröthe den feuerreichen Schimmer des goldenen Aethers, Klm! — die saffranfarbene Morgenröthe — nach erloschenen saffranfarbenen — —

Martin. O du saffranfarbener Schaafkopf!

Johann. O gütige Musen! meine ganze Poesie fällt über den Haufen!

Biederfall. Ey zum Teufel, ist denn das ganze Haus angesteckt? Was will er denn mit seiner Morgenröthe und den Nachtlampen?

Johann. (Aengstlich) Ich bitte tausendmal um Vergebung; ich sollte dieses Meisterstück nicht anders als mit einer poetischen Anrede überreichen, ich that mein Möglichstes, ich nahm meine Handbiblioteck zu Hilfe, las des

Peg-

Pegnitzſchäffer, lehrreiche Leberreime, den Hoffmannswaldau, aber ich ſehe es — zum Poeten bin ich ein für allemal verdorben.

Biederfall. Um alle Welt wer hat denn dich ehrliches Schaaf zum Poeten machen wollen?

Johann. Dero gnädige Frau Schweſter —

Biederfall. Nun, da haben wirs!

Johann. Gab ſich alle Mühe mich in der Götterſprache zu unterrichten, an' meinem guten Willen fehlte es auch nicht, aber — es lernt ſich gar zu ſchwer, wozu man keinen Kopf hat.

Biederfall. Wohl wahr! Kerl du ſprichſt bey aller deiner Dummheit klüger als deine Herrſchaft in Verſen und in Proſa denken mag. Behalte immer dein Meiſterſtück, ich bin eben ſo wenig aufgelegt wie du, mir mit Poſſen den Kopf zu verderben.

Johann. Um des Himmels Willen, Sie werden doch meiner gnädigen Frau nicht die Schande anthun?

Martin. Behüte, thun Sie das ja nicht! Ich habe mir oft ſagen laſſen, daß ein Poet ſich eher über die Treppe werfen, als ſeine Verſe verſchmähen läßt; vollends ein Frauenzimmer — —

Biederfall. Traun Martin! diesmal haſt du als ein kluger Kerl geſprochen. Lieber mit zehn Tollhäuslern zerfallen, als mit einem gelehrtſeynwollenden Weibe. Gieb her, geſchwind, laß uns die Schätze unſerer preiswürdigen Familienmuſe beleuchten.

(öfnet das Blat und ließt.)

„ Sapphischer Morgengruß an meinen
„ theuersten Bruder Anton von Biederfall.
„ Gesungen von Euphrosine von Rebenholz,
„ gebohrnen von Biederfall, reichsritterlichen
„ Herkommens, im Jahr 1777. den 22ſten
„ August an einem Dienstage neuen Kalen=
„ ders früh um 5. Uhr vor Sonnen Auf=
„ gang. „

Ach! fehlt mir doch der Odem, eh ich mit dem Titel fertig bin! o grosser Apollo stärke meine Lunge und lache mit mir auf Kosten des Opfers, das eine Närrinn auf deinen Altar legt und die liebe Vernunft anblasen muß. (Liest.

„ Die schlaffetrunkne Morgenröthe
„ Stimmt nun des Hirtens Haberflöthe

Herrlich!
„ Und weckt den Haushahn zum Gesang.

Vortrefflich! Der Haushahn mag eben so schön als sie singen.

„ Gleich mächtig wecket Arethuse
„ Auch meine ganz entschlaffne Muse
„ Zum zuckersüssen Leyerklang!

Nein, das ist zu schön! (mit Ironie.) Meine Erwartung — mein Entzücken — wo nehm ich nur Worte her — meine Bezaube=rung ist so groß, daß ich — daß ich ohn=möglich weiter lesen kann? (zu Martin.) Ste=hest du doch da, als ob du gar keine Empfin=dung hättest! Bist du nicht auch von dem Klang dieser angenehmen Harmonie bezaubert?

Martin O ja recht sehr, wenn Sie be=fehlen; nur erlauben Sie, wer ist denn
die

die Arethuse, die habe ich noch nicht die Ehre zu kennen?

Biederfall. Narre, das weis ich selbst nicht. Vermuthlich eine gute Freundinn von der Muse und eine Wohlthäterinn vom letzten Vers.

Martin. Das wohl! (für sich.) Jetzt weiß ich so viel als zuvor!

Johann. Nun gnädiger Herr, was denken Sie jetzt davon?

Biederfall. Ich? ich denke eben darauf, wie ich eine so grosse Gnade vergelten und sowohl dich, als deine Lehrmeisterinn nach Verdiensten belohnen kann.

Johann. O gnädiger Herr, was mich betrifft — — —

Biederfall. Nein, nein, es ist billig, daß ich dich mit einschliesse. Den Ruhm meiner geistreichen Frau Schwester nach Gebühr auf die Nachwelt zu übertragen, weiß ich kein füglicheres Mittel, als daß ich dieses herrliche Denkmal ihrer schöpferischen Muse unter den Händen eines so würdigen Schülers aufbewahre und also deine Bibliotheck mit einem Konvenienzmäßigen Beytrag bereichere!

Johann. Zu viel Gnade! ich fürchte, daß ich diese Ehre zu wenig verdient habe.

Biederfall. Dafür laß mich sorgen. Wenn ich zufrieden bin, kannst du es wohl auch seyn!

Johann. Wenn es Ernst ist, so danke ich in Unterthänigkeit für Ihr gütiges Zutrauen. Wenn ich meinen Auftrag nicht auf
das

das genaueste erfüllt habe, so mag mein guter Wille und der Vorsatz mich zu bessern für diesmal meinen Fehler entschuldigen. (Läuft hurtig gegen die Thüre.)

Fünfter Auftritt.

Vorige.

Der Kutscher, welcher ungestümm herein kömmt und den lauffenden Johann nächst der Thüre über den Hauffen stößt.

Kutscher.

Oho, aufgeschaut, wenn ein Kutscher in Weg kömmt!

Johann. (Rafft sich mühsam auf.) Daß dich der Henker hole, du ungeschicktes Thier! (geht ab.)

Biederfall. Nun, der hat noch obendrein gefehlt!

Kutscher. Da kann ich nicht helfen; einem Kutscher muß alles, wie seinen Pferden ausweichen. Guten Morgen, gnädiger Herr! Meine gnädige Frau läßt Ihnen auch einen guten Morgen wünschen und läßt Sie fragen, ob Sie schon wissen, daß unsere Landsleute in Amerika die Rebeller totaliter aufs Haupt geschlagen haben?

Biederfall. Je zum Wetter, wer hat sie denn darum fragen lassen? Und hat sie im ganzen Hause kein grösseres Rindvieh als dich schicken können?

Kut.

Kutscher. Um Vergebung ich bin ein Kutscher und kein Rindvieh. Ich verstehe mein Handwerk so gut als ein Jeder, und bin noch dazu ein Favorit von der gnädigen Frau, müssen Sie wissen.

Biederfall. Gütiger Himmel, ein Kutscher der Favorit von meiner Schwester! hat man wohl je so was gehört?

Martin. (Lacht.)

Kutscher. Ja lache er nur, er Gelbschnabel! Man kann nicht wissen was hinter einem Menschen steckt. Schauen Sie gnädiger Herr: ich bin im letzten Kriege Reitknecht bey einem Fähndrich von der Reichsarmee gewesen und habe den Feldzug bey Roßbach mit gemacht —

Martin. (Lacht überlaut.)

Kutscher. (Sieht ihn zornig an und fährt wieder fort.) Weil nun die gnädige Frau eine grosse Liebhaberinn von Krieg und Bataillen ist, so muß ich ihr alles haarklein erzehlen; das kann ich nun aus dem Fundament und deswegen distinquirt Sie mich auch vor allen andern Hausofficieren.

Biederfall. Ach, nun ists zu begreiffen. Wahrhaftig das übersteigt alle Standhaftigkeit! Wenn sich die Weiber schon mit Krieg und Bataillen abgeben, kein Wunder, daß so viele Aftermänner beym Spinnrad sitzen! (geht unwillig auf und nieder.)

Kutscher. (Dem Martin unterdessen etwas ins Ohr gesagt.) Was will er mit seinem Nasenbluten sagen? he!

Mar-

Martin (höhnisch.) Ich frage nur, weil er mit bey Roßbach war.)

Kutscher. Frage er künftig was anders, oder — — (holt aus.)

Biederfall. He! Schlingel, willst du ruhig seyn? Ich muß ihn nur abfertigen, sonst liefert mir der Kerl noch in meinem Zimmer eine Bataille. Du kannst nur gehen und deiner Frau die Nachricht bringen, daß ich gar kein Liebhaber von amerikanischen Zeitungen bin. Sie soll ihre Zeit auf Dinge verwenden, die einem Weibe angemessener sind, als Schlachten und Feldzüge; statt dem Schlachtfeld mag sie ihre Nährahme übersehen und die Nadel für den Degen nehmen; da kann sie abtheilen, komandiren, herumsetzen so lange es ihr gefällig ist!

Kutscher. Ganz recht, wills auf ein Wort ausrichten. Nichts für ungut, ein Kutscher muß ja thun, was seine Herrschaft haben will. (zu Martin im abgehen.) Wegen den Nasenbluten reden wir ein andermal! (ab.)

Biederfall. Endlich wieder eine Plage vom Halse! Nun, du partheyischer Schwindel, machen dich diese Beyspiele noch nicht klüger? Sollte man sich nicht eher in sibirische Wüsten wünschen als unter solchen Gespenstern wohnen.

Martin. Sie haben Recht; wenn ich Ihnen auch wiedersprechen wollte, müste ich doch Unrecht haben. Aber mir scheint, sie machen das Uebel nur ärger; beym Lichte besehen,

B

geben ihre feindseligen Antworten dem Wohlstande immer eine kleine Ohrfeige.

Biederfall. Was kümmert mich das, giebt man der Vernunft Stöße, so mag ein eingebildeter Wohlstand auch eine Ohrfeige aushalten. Doch ich muß machen, daß ich ausgehe, sonst nehmen die Bottschaften noch kein Ende; komm Martin, ich will mich ankleiden und gehen, wohin mich meine Füsse tragen, wenn ich nur einmal aus diesem Narrenhospitale in die freye Luft komme. (Sie wollen ins Kabinet.)

Sechster Auftritt.
Vorige, Sophie, Louise.

Louise.
Da sie Biederfallen weggehen sieht, springt Sophien vor und hält ihn zurück.

O nicht so eilig gnädiger Herr, Sie wollen uns davon lauffen? Das hieße wohl wider Parole gehandelt!

Sophie (die ihn bey der andern Hand faßt) Bester Onkel!

Biederfall. Nun, da haben mich die in ihren Klauen, der Himmel sey mir gnädig!

Louise. Uh, das sind Augen! Ey potz Stern, jetzt erinnere ich mich, daß ich meine Zusage überschritten habe; aber sehen Sie gnädiger Herr, wir Mädchen sind einmal so gutartige Geschöpfe, wir können nicht lange auf Jemanden böse seyn.

So=

Sophie. Schweig mit deinem Geschwätze! (zu Biederfall) Liebster Onkel, hören Sie uns nur mit Musse, und wir wollen Ihre Güte gewiß nicht misbrauchen.

Biederfall. Das wäre zu wünschen. Nun es mag seyn; du bist doch noch die Geschmeidigste von allen den Wildfängern, weil dich der Stolz auf die Vorrechte deines Geschlechts noch nicht bis zur Unverschämtheit gebracht hat. Also kurz: was willst du?

Sophie. Dürfte ich bitten, liebster Onkel — (auf Martin weisend)

Martin Ich verstehe Sie, gnädiges Fräulein; das will sagen, daß hier ein paar Ohren zu viel sind. Die Neugierde ist mein Fehler gar nicht, und was ich dem schönen Geschlechte schuldig bin, weiß ich auswendig. (gehet mit Complimenten ab)

Siebender Auftritt.

Vorige ohne Martin.

Biederfall.

Was das für Umstände sind! Nur einmal heraus mit der Farbe, verständlt die Zeit nicht.

Sophie. Sie wissen, daß ich bereits in den Jahren bin, wo es nöthig ist auf eine Versorgung zu denken.

Biederfall. (unwillig) Das ist die alte Leyer von Heyrathen, davon will ich nichts wissen, nichts hören, das habe ich euch hundertmal gesagt! (will fort.)

Sophie.) zugleich Liebster Onkel!
Louise.)   Bester Hr. v. Biederfall!
(halten ihn)

Biederfall. Heyrathet wie ihr wollt, das geht mich nichts an.

Louise. Ja, wir wollten gerne, wenn wir nur könnten!

Biederfall. Laßt mich zufrieden (wie oben)

Sophie. Ich bitte, hören Sie mich nur—

Louise. (Die auf eine groteske Art vor ihm niederfällt) Auf meinen Knieen, gnädiger Herr —

Biederfall. Nun, da rette sich Einer, wenn er kann. Was soll, was kann denn ich dazu thun?

Sophie. Vieles, vielleicht Alles! Ich habe Niemanden, zu dem ich meine Zuflucht nehmen kann, und wenn Sie mich verlassen, so bin ich unstreitig das Opfer von dem Eigensinn einer Familie, die es ohne Rührung sieht, wenn ein armes Mädchen sich zu tode grämmt.

Biederfall. Jammer über Jammer! Ist das nicht ein Geheule, wenn sich die Dinger einmal auf die Zähen stellen, und nach einem Mann langen, und er fällt nicht gleich wie eine reife Birn herunter.

Sophie. Was ist wohl an einem Mädchen aufzubehalten? unser Glück schwindet mit unserer Jugend, der Augenblick gehet vorbey; dann sitzen wir, verwimmern unser heilloses Leben und werden unsern Anverwandten und uns selbst zur Last!

Bieder=

Biederfall. Gottlob, einmal ein kluges Wort! Nun meinetwegen, ich habe ja nichts dawider; wenn sich irgend ein unbesonnener Laffe seine Geisel selbst knüpfen will, und deine Mutter ist es zufrieden, ich bin es von ganzer Seele.

Louise. Ja, da liegt eben der Fuchs im Hinterhalte. Wenn wir es noch mit der Mutter allein aufzunehmen hätten; aber so maſſen sich ihre zwey albernen Schwestern eine gleiche Oberherrlichkeit über das arme Fräulein an.

Biederfall. O das sieht ihnen ganz ähnlich; und die wollen vermuthlich nicht?

Sophie. Nicht anders, es ist der seltsamste Einfall, den man nur haben kann. Nur von ferne wagte ich es, ihnen einige Vorstellungen zu machen, aber sie erklärten sich einstimmig, mich nicht eher zu verheyrathen, als bis eine Jede von ihnen wieder einen Mann hätte!

Biederfall. Himmel und Hölle! Also liegt ihnen auch noch der Heyrathsteufel im Gehirn? Nun begreiffe ich warum ihre Narrheiten so merklich zugenommen haben!

Louise. Wenn es nur noch dabey bliebe, so hätte das Fräulein doch einen Schein von Hofnung übrig. Es giebt Männer genug, die sich mit einem Sacke Geld die Augen verbinden laſſen; aber so will noch Jede obendarein einen Mann nach ihrem eigenen Geschmacke haben. Die Frau Mutter des Fräuleins, Madame Felizitas, weil ihr verstor-

bener

bener Herr in seinen jüngern Jahren einige Zeit Kriegsdienste that, und ihr ein und anderes von seinen geträumten Heldenthaten erzählt haben mag, will keinen andern als einen, der mit Kriegshistorien und Mordgeschichten wacker herum zu werffen weiß. Madame Antoinette, eine von den Deutschfranzösinnen, wovon unser liebes Vaterland so voll gepfropft ist, wartet ebenfalls auf so ein Zwittergespenst, das ihr die Fesseln der wittiblichen Enthaltsamkeit abnehmen soll; und endlich Madame Euphrosine, die über alles Gedichte macht und öfters in Versen spricht, will nur einen schönen Geist den diamantenen Riegel zu ihrer Felsenbrust wegwälzen lassen.

Biederfall. Nun, da höre man und wünsche sich nicht lieber taub zu seyn! (zu Soph.) Heyda Mädchen! ich wünsche dir Glück. Wenn du klug bist, gehest du so unversehrt in die Hände der Natur, als du von ihr gekommen bist.

Louise. Das ist es aber eben, was wir gerne vermeiden möchten, und wofür Sie uns Rath schaffen sollen.

Biederfall. Ey daß ich der Narr wäre und muthwillig in einen Wespenschwarm hinein stäche. Nein nein, daraus wird nichts. Macht was ihr wollt, nur mich läßt aus dem Spiele.

Sophie. (betrübt zu Louise) Nun da hörest du es, habe ich es nicht vorher gesagt?

Louise.

Louise. (zu Sophie) Noch nicht verzweifelt! (zu Biederfall) Nur noch eine Vorstellung. Gnädiger Herr. Sie sind kein Freund von unserm Geschlechte, am wenigsten von solchen Haustyranninen; Sie haben Recht, sie verdienen es. Sie hätten sie immer gerne vom Halse, nur fehlet eine gute Gelegenheit. Wenn Sie nun dem Fräulein bey Ihrer Absicht Vorschub leisteten und ihnen einen Strich durch die Rechnung machten, wäre das kein Mittel? — Es würde freylich einen starken Sturm absetzen, aber es würde doch immer der letzte seyn.

Biederfall. (der auf einmal aufmerksam wird) Bey meiner Ehre — das verdient in Erwegung zu kommen. (zu Sophie) Ja Mädchen, wann ich das hoffen könnte, einen Mann solltest du haben, und müßte ich ihn von unsern Gegenfüßlern herauf holen.

Louise. O das ist nicht nöthig, wir haben schon selbst dafür gesorgt. (für sich) Dachte ichs doch, daß ich ihn damit fangen würde.

Biederfall. Nun so laßt doch hören, wer der holde Gegenstand euerer hofnungslosen Erwartung ist.

Sophie. Vergeben Sie theurester Onkel. Die Furcht meinen Zweck gänzlich zu verfehlen, befahl mir bisher seinen Namen zu verschweigen. An dem Hofe des benachbarten Fürsten, wohin mich mein Vater in Absicht meiner Erziehung bringen ließ und von

wel=

welchem mich meine Mutter nach seinem To=
de wieder zurück rief, lernte ich ihn kennen.
Es ist ein edelmüthiger Jüngling, der von
dem gemeinen Schlage gefürnißter Höflinge
weit unterschieden ist.

Biederf. Ey, welche Vollkommenheiten fin=
det ihr nicht an einem Gegenstande, den
ihr durch das Vergrößerungsglas der Liebe
besehen habt.

Sophie. Nein, mein Onkel, meine Lie=
be ist ganz unparteyisch. Sie kannten seinen
Vater, es war ein rechtschaffener Mann,
Sie liebten ihn; mit einem Worte, es ist
Herr von Rose der Sohn des seeligen Ober=
amtmanns, dessen Freundschaft Ihnen so
theuer war und dessen Andenken Ihnen so
viele Betrübniß verursachet hat.

Biederfall. Ist es möglich, der muntere,
drolligte Karl? ___

Sophie. Er selbst, mein Onkel! Unsere
Herzen verstunden sich bey den ersten Anblick,
und als wir uns trennten, schwuren wir
uns ewige Treue. Er bestättigte Sie mir
immer in den zärtlichsten Briefen, auf die ich
aber meiner traurigen Lage wegen wenig Tröst=
liches antworten konnte. Er beschloß also
selbst hieher zu reisen und gestern erfuhr ich
durch einen Brief, den er mir durch eine
Putzhändlerinn zustecken ließ, seine Ankunft.
Ich bat ihn durch ein paar Zeilen, sich so
lange verborgen zu halten, bis ich noch ein=
mal mit Ihnen gesprochen hätte; und nun
theuerster Onkel, beschwöre ich Sie ___ ___

Achter

Achter Auftritt.

Martin eilends, Vorige

Martin.

Um des Himmelswillen gnädiger Herr, Sie haben sich eine schöne Wäsche angerichtet! Ihre Frauen Schwestern sind über Ihre Antworten höchstens aufgebracht; sie kommen alle dreye wie die ergrimmten Igeln herauf gerannt und nun sey der Himmel Ihren Ohren gnädig!

Sophie. Ach, Louise!

Louise. Nun können wir wieder von forne anfangen!

Biederfall (verwirrt und zaghaft) O Weh, was soll ich thun? Daran seyd ihr mit eurer verwünschten Liebesgeschichte schuld! — Hilf mir Martin, rathe mir —

Martin. Da ist viel zu rathen, verschließen Sie sich in Ihr Kabinet oder — — beym Wetter da sind sie schon! da sehe ich, wie ich mit Ehren fortkomme. (ab)

Neunter Auftritt.

Vorige.

Euphrosine, Antoinette, Felizitas, nach einem vermischten Geschrey vor der Thüre stürzen sie ungestümm herein und umringen Biederfallen.

Felizitas.

Mit Erlaubniß, sauberer Herr Bruder, wo haben Sie denn die Lebensart gelernet

Frauenzimmern so ungeschliffene Antworten sagen zu lassen?

Antoniette. Wer hat Sie denn zu meinem Arzt gemacht, daß Sie sich unterstehen mir Nieswurz und Aderlaß zu verordnen?

Euphrosine. Sie unterfangen sich, meine Verse so gering zu schätzen, und meinen Bedienten damit zu beschenken?

Felizitas. So ein alberner Hagestolz, der niemals unter dem Ofen hervorgekrochen ist, soll mich zur Nährahme und zur Nähnadel verweisen?

Antoinette. Ein deutscher Roßbiff, der kein quentchen Bellesprit besitzt;

Euphrosine. Ein ausgetrocknetes Gehirn, das keine Fühlbarkeit für die Annehmlichkeiten des Witzes hat. (Diese Reden werden geschwind und hastig hintereinander gesagt.)

Biederfall. Seyd ihr bald fertig, ihr Furien? Schreyet euch meinethalben die Lunge heraus, ihr eingefleischten Plageteufeln!

Felizit. ⎫ Was Sie unterstehen sich noch obendrein zu schimpfen!
Antoi. ⎬ fast zugleich Wissen Sie, mit wem Sie reden?
Euph. ⎪ Was, wir Furien, Furien?
Felizit. ⎭ Uns Furien, Plageteufeln zu heißen?

Biederf. Ja, Furien, Plageteufeln, Ungeheuer, die Pest der menschlichen Gesellschaft! Fort, laßt mich! (lauft in sein Kabinet, worinn er sich einschließt ab.)

Zehenter Auftritt.
Alle drey lachen überlaut.
Vorige ohne Biederfall.

Felizitas.

Da sieht man den Helden, der sich von Weibern in die Flucht treiben läßt, Ha ha!

Euphrosine. Dasmal haben wir unser Ansehen recht behauptet.

Antoinette. Er verdiente die Züchtigung, der Unartige, so wenig Egard für das beau sexe zu haben, und meine Fille de Chambre vor die Thüre zu stossen?

Euphrosine. Meine Ode, die einer Sappho würdig wäre, in die Bibliothek eines dummen Kerls zu versetzen?

Felizitas. Mir ist es nur leid, daß ich in der blutigsten Geschichte meines kriegerischen Helden habe abbrechen müssen. Aber beruhigen wir uns, es soll dem Strohmann in Zukunft die Lust vergehen, sich an uns zu versündigen, (Sophie und Louise bemerkend) Ey seyd ihr zwey auch da, was habt ihr hier zu suchen? Ich glaube gar, ihr seyd mit dem Hagestolz in Traktaten getreten?

Sophie. Nein liebste Mama, wir wollten

Louise. (einfallend) Wir wollten nur dem Herrn Onkel einen guten Morgen geben.

Antoinette. Das tolle Ding will ja immer einen Mann haben; vielleicht wird er ihr
einen

einen aus seiner Fabrique choisiren wollen.

Felizitas. Das mag er sich einfallen lassen, wenn er ein paar Augen zu viel im Kopfe hat. Es hat gute Weile. Sie kann warten, bis wir wieder einen Mann haben; wir wissen besser, was zum Ehestand erforderlich ist, als so ein junges unerfahrenes Ding da.

Euphrosine. Müssen wir uns gefallen lassen eine Eroberung nach unserm Geschmack abzuwarten, so wird uns das ungedultige Mamsellchen wohl auch nicht über den Kopf springen wollen.

Felizitas. Seyen Sie ohne Sorge, Frau Schwester, es bleibt bey unserer Abrede; ehe wir nicht versorgt sind, darf sie an keine Heyrath denken. Jetzt vergeben Sie, mein unterbrochenes Geschäfft rufft mich in mein Kabinet. Ich habe gestern das Leben und Thaten des großen Attila bekommen; ich bin ganz bezaubert von dem Mann, weinen möchte ich, daß ich den großen Helden nicht gekannt habe. Ich habe die ersten zwey Bände so begierig verschlungen, ich sehne mich recht sehr mit dem letzten das Ende seiner kriegerischen Laufbahn zu bedauren.

Euphrosine. Nach Gefallen Frau Schwester. Ich habe gleichfalls eine angenehme Beschäftigung des Geistes vor mir; meine poetische Feder arbeitet eben an einer Ode über den Tod eines zerquetschten Sonnenkäfers; es soll, wenn mir die Musen günstig sind ein allerliebstes Gedicht geben!

Fährt

Führt mir Uranie nur meine schwache
   Hand:
 So ist mein Name schon der Sterblich-
   keit entwandt!

Antoinette. Fort bien, mon aimable soeur, fort bien! Aber um wie viel angenehmer würden deine Verse klingen wenn sie französisch wären! Ich habe irgend was ähnliches gelesen.

    Pourvu Muse! que tu me secondes,
    Mon nom survivra les mondes!

O es herrscht gleich eine andere Melodie ein anderer Geist darinn: ich habe oft gewünscht, daß die deutschen Dichter französische Verse machten; doch ich vergesse, daß ich noch einigen Freunden und Freundinnen in dem haut gout françois leçon zu geben habe.

Felizitas. Alles nach eigener Willkühr; wir wollen keine der andern in ihren rühmlichen Verrichtungen hinderlich seyn. Ich bin beyderseits ihre Dienerinn!

Euphrosine. Leben Sie wohl!

Antoinette. A revoir, mes soeurs! beym Dinée sehen wir uns! (Sie küssen sich und gehen mit vielen Komplimenten und Ceremonien.)

Eilfter Auftritt.
Sophie Louise.

Louise. (ihnen nachsehend) Nun errathe man, welche von allen dreyen die größte Närrinn ist.

Sophie. Hast du mein Urtheil gehört? Ich unglückliches Mädchen, was wird aus mir werden?

Louise. Fassen Sie Muth Fräulein! Herr von Rose muß ihr Mann seyn, und sollt ich selbst darüber zur alten Jungfer werden. Ich habe so einen Gedanken, der noch unausgebrütet in meinem Gehirn liegt; indessen bis er zur völligen Reiffe kömmt, wollen wir uns erst völlig ihres Onkels versichern; halb ist er ohnehin schon auf Feines deßseite —

Sophie. Ich zweifle daran, seine Unbiegsamkeit — —

Louise. Dafür laßen Sie nur mich sorgen; jetzt müssen wir ihn erst das Frühstück verdauen lassen, daß ihm seine Schwestern eingeschenkt haben. Vor allen Dingen sagen Sie mir, ob unsere gnädige Frauen den Herrn von Rose von Person kennen.

Sophie. Ich glaube nicht; soviel ich weiß, war er niemals hier. Warum fragst du?

Louise. Das sollen Sie schon erfahren. Hoffen Sie indessen das Beste. Ich will sehen, daß ich Ihren lieben Karl bereden kann, während der Mittagsmahlzeit heimlich ins Haus zu kommen; dann wollen wir Ihrem Onkel so zusetzen, daß er gewiß mit uns in die Conföderation treten soll; wenn alles zu Stande kömmt, so weiß ich, daß Sie auch Ihre Louise nicht vergessen werden.

Sophie. O Mädchen, wenn du mir meinen Karl schaffst — — Mein Vermögen,

mein Glück, was ist es, das ich nicht mit dir theilen wollte!.

Louise. St! Gnädiges Fräulein, versprechen Sie nicht zu viel, Sie möchten nicht Wort halten können. Kommen Sie nur, ich will sehen wie wir zu rechte kommen. (sie gehen beyde ab.)

Zweyter Aufzug.

Erster Auftritt.

Sophie, die schüchtern heraus kömmt.

Gut, daß ich entkommen bin! — Ich soll ihn also hier sehen, den Besten unter allen Männern? Mein Aug und mein Herz giebt ihm diesen Rang, den ihm kein Vorurtheil, keine Schmähsucht benehmen kann. O wie verlangt michs den Unmuth einer vierjährigen Trennung durch seinen wonnevollen Blick zu verlöschen! — — Louise kömmt noch nicht? — Das gute Mädchen! Sie schmeichelt sich vielleicht mit Hoffnungen, die nur in dem Umfang ihrer Einbildung erfüllbar sind. Vielleicht weigert er sich ihr zu folgen, vielleicht schrecken ihn die Schwierigkeiten, vielleicht — O es ist eine erbärmliche Sache um die leidigen Vielleichts, sie dehnen sich

sich ins unendliche! Mein Kopf — mein Herz — O wie viel leiden wir arme Mädchen, wenn uns Liebe und Ungedult auf die Folter spannt!

Zweyter Auftritt.

Sophie Louise aus einer Seitenthüre, legt den Finger auf den Mund und macht ein Zeichen zu warten hinein.

Sophie.

Ach Louise, kömmst du — Wie, du kömmst allein?

Louise. Sie sehen wohl, daß ich Niemand um mich habe; es müste nur ein dienstbarer Geist gutherziger Kammermädchens unsichtbar meine Schritte verfolgen.

Sophie. O über deinen Scherz, der immer zur Unzeit kömmt! Hast du ihn gesehen, gesprochen?

Louise. Herrn von Rose? O ja, nach aller Form des Wohlstandes und der Nothwendigkeit, aber glauben Sie es wohl, er war so eigensinnig — —

Sophie. Deinen Antrag auszuschlagen? O mein weissagendes Herz! Nun Träumerinn, wo ist jetzt deine Klugheit? Auch keine Nachricht, keine schriftliche Erklärung von ihm?

Louise. Nichts, gar nichts Fräulein! Herr von Rose war so eigensinnig sich weder zu erklären, noch eine Zeile zuschreiben, sondern selbst in eigener Person zu kommen.

Drit=

Dritter Auftrit.

Vorige, Herr von Rose, der vor Ende der letzten Rede, ohne von Sophien bemerkt zu werden heraus und dann plötzlich hervortritt.

Sophie.

Ah mein Karl! —

v. Rose. Theuereste Sophie! (küßt ihr die Hand.)

Louise. Nun, wie steht es um ihr weissagendes Herz?

Sophie. Leichtfertiges Mädchen. (zu ihm) bester Karl! —

v. Rose. Ich sehe Sie wieder, angebettete Sophie! Noch immer das aufrichtige getreue Mädchen, das mich mit all ihren Reitzen so plötzlich an sich zog, das mich — O vergeben Sie, meine Zunge starrt für Fülle des Ausdruckes, sie ist eine zu enge Schleusse für die überströmmenden Empfindungen meiner Seele! — Lesen Sie aus meinen Augen, lesen Sie aus sich selbst einen Vorgeschmack der Wonne, die eine wechselseitige Zärtlichkeit aufrichtiger Liebe gewährt; aber schliessen Sie auch zugleich von der Heftigkeit meiner Leidenschaft auf die Grösse meiner Betrübniß, die mir ihre traurige Verfassung, der grausame Zwang, worunter Sie leiden, verursachen muß.

Sophie. Edelmüthiger Mann! Für einander geschaffene Seelen verstehen sich auch ohne

C Wor-

Worte. Ich liebe Sie — laſſen Sie es an dieſer ausſchlieſſenden Verſicherung genugſeyn, und denken Sie auf meine Rettung, ohne welche unſer Wunſch ewig nur ein Wunſch bleiben würde und —

Louiſe. (Einfallend.) Und ohne welche die feurigſten Verſicherungen weiter zu nichts helfen als ihre Unruhe zu vermehren. Laſſen Sie es jetzt gut ſeyn, ſparen Sie den Honig der Zärtlichkeit für den Eheſtand, da giebt es Bitterkeiten genug zu verſüſſen, und ſetzen ſich erſt auf den Fuß, eines mit dem andern verſuchen zu dürfen.

v. Roſe. Ich bin zu Allem bereit; nur ein Schimmer von Hoffnung, und ich wage mein Leben Sie mein Fräulein zu beſitzen.

Louiſe. So arg ſoll es nicht kommen. Die Ritterzeiten denke ich, ſind ſchon lange vorüber: aber wir halten Sie indeſſen beym Worte. Nehmen Sie es nicht übel, daß ſich ein Kammermädchen ſo frey in Ihre Sachen mengt; ich habe einmal die Direktion der Komödie über mich genommen, ich habe alſo auch die Ehre die Rollen auszutheilen.

Sophie. So erkläre dich einmal beſtimmter, und denke, das wir in keinem zu ſicherem Hinterhalte ſind; du weiſt den Preiß, den ich auf die Ausführung deines Verſprechens geſetzt habe.

Louiſ: Geduld mein Fräulein, gleich ſollen ſie befriediget werden. Itzt vor allem eine Frage Herr von Roſe: Haben Sie nach
wei-

meiner und des Fräuleins Vorschrift mit Herrn von Biederfall gesprochen?

v. Rose. Ich that es, aber —

Louise. Aber?

v. Rose. Der gute Mann denkt, Jedermann, der sich verheyrathet, müsse nothwendig unglücklich seyn.

Louise. Das haben wir schon zur Genüge gehört. Wie weit brachten Sie ihn denn endlich?

v. Rose. Alles, wozu ich ihn bereden konnte, war die Zusage sich unserer Verbindung nicht zu widersetzen, und uns, wenn wir ein Mittel fänden seine Schwestern eben dahin zu bringen, nach Verhältniß der Umstände zu unterstützen.

Louise. Genug; mehr verlangen wir nicht. Nun zur Hauptsache. Sie kennen den Karakter und den Eigensinn unserer Despotinnen sowohl aus des Fräuleins Briefen, als nach der umständlichen Schilderung, die ich Ihnen gemacht habe, und errathen von selbst, daß weder Sie noch ein Anderer das Fräulein jemals erhalten würde. Es bleibt also kein anderer Weg übrig, als daß Sie eine Jede bey ihrem doppelten Steckenpferde zu packen suchen; eines, daß sie mit allen Wittwen gemein haben, ist die liebe Mannssucht; das andere, wodurch sie sich vor den Uebrigen auszeichnen, ist ihr seltsamer und hartnäckiger Geschmack. Sie sind im Hause unbekannt: Fassen Sie also das Herz, Herr von Rose, sich einer Jeden insbesondere unter einem fremden Namen und der Maske ihres Lieblingskarakters vorstellen zu lassen, ohne sich im geringsten bloß zu geben, daß Sie eine Absicht auf das Fräulein haben; die Vorbereitung will ich übernehmen und es müßte mit dem Henker zugehen, wenn nicht alle dreye zum Sterben in Sie verliebt würden.

Sophie. Bist du klug, Mädchen? Redest du doch als ob du Mondensüchtig wärest.

v. Rose. Ein sonderbarer Gedanke, ich gestehe es, der gerade dazu diente, die kleine Hoffnung, die ich etwa noch auf Sophien hätte, vollends zu vernichten.

Louise. Ey mein Gott, verwerfen Sie doch nicht den Anfang, eh Sie das Ende hören. Ich wette, der Gedanke wenn er beysammen ist, soll so mondensüchtig nicht herauskommen.

Sophie. Nun, wir wollen hören; mache nur fort, oder wir lauffen noch Gefahr überfallen zu werden.

Louise. Kurz also. Bey der Mama des Fräuleins stellen Sie eine Art von Maulhelden vor; es giebt ja Originale genug, die Sie kopiren können. Bey der andern machen Sie den Poeten; das wird Ihnen desto leichter gelingen, weil Sie selbst ein Stückchen von einem schönen Geiste sind; und bey der Jüngsten spielen Sie die Rolle eines affektirten Deutschfranzosen, die den meisten jungen Herren unserer Zeit ohnehin ganz eigen ist. Haben Sie nun, wie ich Ihnen

im

im voraus verspreche, sich einer Jeden Zuneigung erworben, so lassen Sie sich ein halbes Wort von Heyrathsabsichten entschlüpfen. Was meinen Sie: sollte die Hoffnung einen Mann nach Wunsche zu bekommen und die Furcht eine geschmeichelte Eroberung durch ein junges reitzendes Kind zuverliehren nicht jedwede zu dem Entschluß bringen, sich das Fräulein je eher je lieber vom Halse zu schaffen?

Sophie. Der Rath ist spitzfündig genug; aber das hieße ja meiner Mutter und meinen Anverwandten einen offenbaren Betrug spielen.

Louise. Ja, wenn Sie so gewissenhaft seyn wollen, so nehmen Sie lieber heute noch den Schleyer, und rathen auch Herrn von Rosen, wenn er nicht Sie um der Welt und die Welt um Ihrentwegen liebte, morgen in eine Klause zu gehen. Wenn Ihnen damit gedient ist. — —

v. Rose. Liebes Mädchen, ich lobe deinen Eifer, aber ich fürchte, daß ich weder Muth noch Geschicklichkeit genug habe, deinen Vorschlag ins Werk zu setzen.

Louise. Nun, da haben wir es wieder! Wo es nichts als Worte gilt, sind die Herren Feuer und Flammen, ihr Leben ist ihnen um eine Nußschale feil und wenn es zur That kömmt, flattern sie von weitem, wie ein Schmetterling, der das Licht liebt und sich fürchtet seine Hörner zu versengen. Was wagen Sie denn dabey? Ein bischen Entschlossenheit!

Und

Und gesetzt: das Spiel mißlingt, so steht der Einsatz; gelingt es, so haben Sie ja die ganze Parthie gewonnen.

v. Rose. Wenn es nur auf Entschlossenheit ankömmt, so sind wir einig; aber wie viel ist hier nicht zu erwegen; kann nicht ein kleiner Zufall unsere Absicht vereiteln?

Louise. Sorgen Sie nicht, ich werde so gute Vorkehrungen treffen, daß wir selbst dem Zufalle Trotz bieten können. Keine soll von der andern etwas wissen, bis es Zeit ist und jede soll ihren besondern Verehrer zu haben glauben.

v. Rose. Wenn es so ganz sicher wäre — Was sagen Sie dazu mein Fräulein? Nur von Ihrem Wink soll es abhängen, mich auf diese schwere Unternehmung einzulassen.

Sophie. Was soll ich Ihnen antworten? Mein Herz ergreift diesen Vorschlag, ob ihn gleich der Gehorsam und die Vernunft nicht ganz billigen kann. Glauben Sie nicht auch, daß es unserm Wunsche gemäßer ist eine durch List abgespielte Einwilligung als gar keine zu haben? Wenn alle andern Wege verschlossen sind — —

v. Rose. Genug Fräulein, sobald ich Ihre Einstimmung habe, bin ich entschlossen. Wo Thorheit und Eigensinn unsere Tyrannen werden, ist der Gehorsam seiner Pflicht entlassen.

Vier-

Vierter Auftritt.
Vorige.
Felizitas noch hinter der Scene.

Sophie, Louise wo steckt ihr denn?

Sophie. Himmel, meine Mutter ———

Louise. Erschrecken Sie nicht, sie kömmt eben zu rechter Zeit, Herr von Rose kann gleich bey ihr anfangen. (zu Rosen) Nehmen Sie alle meine Worte in Beschlag und lassen Sie die Thorheit den Schleiffstein Ihres Witzes werden.

Felizitas. (die ohne Rosen zu sehen herauskömmt) Nun was macht ihr denn hier beysammen (zu Sophie) Ich dächte du wärest Kopfschmerzen halber in deinem Bette?

Sophie. Sie sind vorüber, gnädige Mama!

Felizitas. Hm! die Aenderung war sehr schnell.

Louise. Wir haben ein Universalmittel gefunden, das bey solchen Zufällen trefliche Wirkung thut.

Felizitas. Desto besser; so kannst du mir die übrigen Paragraphen von den Anmerkungen über Attilas Heldenthaten vorlesen.

Louise. (für sich) Wir haben itzt etwas anderes zu lesen!

Felizitas. Wie, was ist das? Wer ist der Mensch, Louise?

Louise. Eben wollt ich es Ihnen sagen. Es ist ein Fremder, der sich seit einigen Tagen hier aufhält und die Ehre Ihrer Bekanntschaft sucht; er fragte mit soviel Eifer, soviel Zudringlichkeit nach Ihnen, daß sein Besuch eine große Wichtigkeit voraussetzet. Da nun das Fräulein eben herein kam, als ich ihn melden wollte, so bat ich Sie ihm indessen Gesellschaft zu leisten.

Felizitas. (für sich) Was muß doch seine Absicht seyn? —Ein allerliebster Mann! (zu Sophie) Fort in dein Zimmer, ich brauche keine Bildsäule da! (Sophie gehet ab) (zu Louise) Du kannst des Wohlstandeswegen in der Nähe bleiben.

Louise. Wie Sie befehlen. (für sich) Nun heißts auf die Wache! (ab)

Fünfter Auftritt.

Felizitas, Herr von Rose.

Felizitas.

Mein Herr, es ist mir ein sonderbares Vergnügen einen Fremden bey mir zu sehen, dessen erster Anblick schon so sehr zu seinem Vortheil empfehlend ist.

v. Rose. Sie sind zu gütig Madame, als daß ich nicht von Ihnen Vergebung für meine Freyheit erhalten sollte. Der allgemeine Ruf hat mir von Ihrem Karakter so viel Auffallendes, so viel mit meiner Denkungsart übereinstimmendes gesagt, daß ich der Begierde nicht widerstehen konnte eine Dame, die noch ungesehen meine Hochachtung erwarb, auch persönlich meiner Ehrfurcht zu versichern.

Felizitas. In der That, Sie setzen mich durch ihre Lobsprüche in Verlegenheit; darf ich mich indessen unterfangen zu fragen, mit wem ich zu sprechen die Ehre habe?

v. Rose. Mit einem Manne, Madame, dessen Abkunft Ihrer Bekanntschaft nicht ganz unwürdig ist. Sie sehen in mir den letzten Zweig des uralten schweppermannischen Geschlechtes, dessen Heldenmuth dem Staate und der Geschichte ein ewiges Denkmal bleiben werden.

Felizitas. O Himmel! was höre ich? Sie ein Abkömmling des berühmten Schweppermanns, den sein Souverain nur mit dem Beynamen des Frommen beehrte? — Dessen Heldenthaten ich so oft gelesen und bewundert, dessen Bildniß ich unter andern Helden in meiner kleinen Gallerie der Nachwelt aufbewahre! Vor dem ich schon manche Thräne des Beyleides über den Hintritt des Urbildes vergossen habe! O wie glücklich bin ich, einen erlauchten Abkömmling dieses theuren Kriegers zu sehen!

v. Rose. Vergeben Sie, mein Glück überwiegt das Ihrige, daß ich eine Person von so erhabenen Eigenschaften gefunden, die grosse Seelen nach Würde zu schätzen weiß. Sie haben einen Mann vor sich, der nicht allein das Geschlecht, sondern auch den Geist seiner Vorfahrer geerbt hat. Ich liebe alles, was kriegerisch heißt; ich lese die Geschichten und Unternehmungen berühmter Männer von jedem Zeitalter. Die grossen Kriege und merkwürdigen Revolutionen aller Völ-

ker sind mir bis auf den geringsten Umstand bekannt; ich weiß die Anzahl der Schlachten, wenn, wie, wo und zu wessen Schaden oder Vortheil sie ausgefallen, auf den Fingern abzuzählen, mit einem Worte: Sie finden in mir eine lebende Kronik aller kriegerischen Epochen, die sich von Anbeginn der Welt bis auf gegenwärtigen Augenblick ereignet haben.

Felizitas. Ich bin entzückt einen so würdigen Mann zu kennen; und wenn Ihnen der Ruf gesagt hat, daß ich für Verdienste dieser Art eine besondere Partheylichkeit habe, so hat er Sie nicht betrogen; ja ich versichere, daß Sie Ihre ganze Denkungsart in der Meinigen, wie in einem Spiegel erblicken können. O ich habe schon oft bedauert, daß mich die Natur zu keinem Mann gemacht hat; ich wäre unstreitig einer der gröſten Helden meiner Zeit geworden.

v. Rose. Die Natur hat einen grossen Irrthum begangen! Vergeben Sie ihr diese Unbild. Sie können doch immer, zwar mit weniger Thätigkeit, aber auch mit minder Gefahr Ihren edlen Trieb befriedigen.

Felizitas. Was nicht mehr zu ändern ist, muß man sich gefallen lassen. Aber um Vergebung—ein so grosser Mann sollte sich der Welt in keinem andern, als dem gewöhnlichen Kleide der Tapferkeit darstellen. Hat Sie vielleicht auch die Gefahr bisher zurückgehalten, sich in die Zahl der Beschützer des Vaterlandes einzuverleiben?

v. Rose.

v. Rose. Was denken Sie von mir Madame? Nicht die Gefahr, denn auch die größte würde meinen Muth nicht erschüttern, sondern die Begierde, der Welt mit meinem Leben mehr Nutzen als mit meinem Tode zu leisten. Wie mancher Held voll Thätigkeit und ungeheurer Unternehmungen wird in der ersten Schlacht das Opfer seines Muthes. Er ist dahin und seine Parthey verliert durch seinen Tod alle Vortheile, die ihr sein Leben würde gewährt haben. Ich bleibe also mit gutem Vorbedacht bloß ein Held in der Theorie. Ich unterrichte durch nützliche Schriften; ich gebe den Anführern Mittel an die Hand ihre Untergebene tapfer zu machen; ich stelle ihnen die alten Helden zum Muster auf und zeichne ihnen die Plane ihrer gewonnenen Schlachten vor; wenn eine Schlacht verloren wird, so zeige ich erst, wie sie hätte können gewonnen werden. Sehen Sie, auf diese Art mache ich mich um den Namen eines Helden verdienet und werde nicht nur einem einzelnen Staate sondern einem ganzen Welttheile durch meine Unternehmungen nützlich.

Felizitas. In Wahrheit, je länger ich Sie anhöre, jemehr muß ich Sie bewundern. Das heißt Wirksamkeit mit Klugheit verbinden. O wie glücklich muß also die Gattinn seyn, die so einen Gemahl besitzt! Sie wird nie in die Nothwendigkeit versetzt über seinen Abschied Thränen zu vergiessen, noch für die Ungewißheit seiner Zurückkunft zu zittern. Denn vermuthlich hat ihr Herz schon eine Wahl getroffen?

v. Rose. Nichts weniger; mein Herz ist noch frey. Nicht, daß ich etwa die sanften Empfindungen der Liebe verschmähte, ich fühle sie nur zu sehr; aber meine Absicht war immer einem meiner Denkungsart gleichförmigen Gegenstand meine Freyheit aufzuopfern; doch bis diesen glücklichen Augenblick fande ich keinen, der meiner Erwartung so sehr als Sie, meine Theuerste, entsprochen hätte!

Felizitas. (Sieht ihn verliebt an, und seufzt) Ach! —

v. Rose. Sie seufzen Madame, was fehlt Ihnen?

Felizitas. Nichts, nichts. Ich beklage nur, daß wir uns nicht früher gekannt haben.

v. Rose. O Himmel! sollte vielleicht der erste Keim meiner kaum gewagten Hoffnung schon wieder vernichtet seyn? Sie stehen in Verbindungen mit einem Andern?

Felizitas. Keineswegs; aber ich kenne diesfalls den Geschmack der Mannspersonen. Meistens ist nur ein junges rasches Mädchen das Ziel ihrer Aufopferung; und der Frühling unserer Jahre geht nur zu schnell vorüber!

v. Rose. Ach, Sie geben mir ein neues Leben! — Besorgen Sie nichts Madame, die Jahre kommen bey mir in keine Betrachtung. Jugend ist nie ohne Leichtsinn, und meine ernste Denkungsart würde sich nicht mit ihm vertragen; ich muß also eine Gattinn haben, die auch hierin ganz mit mir übereinkömmt.

Felizitas. Wenn es so ist — — so wäre freylich noch — —

v. Rose.

v. Rose. Einige Hoffnung für mich übrig? O vollenden Sie, wollten Sie nicht das sagen? Nicht — nicht?

Felizitas. (Mit affektirter Verschämtheit.) Sie sind auch gar zu dringend, eilfertiges Kind!

v. Rose. Schreiben Sie es dem Eindruck zu, den Ihr Geist und Karakter so schnell auf mich gemacht haben. Ich weiß zwar, daß ich noch nicht berechtiget bin von Ihrer Seite einen Entschluß zu fordern, wie ihn mein Herz wohl wünschte; aber ich bin auch so billig indessen nichts weiter als Hoffnung zu verlangen. (Küßt ihr die Hand.)

Felizitas. Nun — so hoffen Sie mein Schatz! Ich bin zwar immer eine Feindinn von einem langsamen Verfahren gewesen; wo die Vorzüge so einleuchtend sind, hebt sich alle Bedenklichkeit von selbst; aber ich habe Anverwandte, die ich doch von meinem Vorhaben unterrichten und gleichsam der Gewohnheit wegen um Rath fragen muß; wenn Sie also mich zu Ihnen hinüberbegleiten wollen?—

v. Rose. (Etwas verlegen.) Madame, — vergeben Sie — ich beklage recht sehr — daß ich so unglücklich bin, einem so reizenden Befehl nicht gleich gehorchen zu können. Ein sehr dringendes Geschäft, das aber nur einer sehr kurzen Zeit bedarf, hätte mich schon lange von Ihnen abgerufen, wenn mich nicht eine mächtigere Zauberkraft zurückgehalten hätte; sobald es aber vollendet ist —

Feli

Felizitas. Ich will Sie gar nicht verhindern. Gehen Sie mein Schatz! ich bin nicht fähig Jemanden, besonders so werthen Personen einen Zwang aufzulegen. Aber Sie kommen doch heute noch wieder?

v. Rose. Zu jeder Stunde, wenn es Ihnen gefällt. Mein Herz sehnt sich so sehr nach der Vollendung meines Glückes, daß ich auch jede Sekunde zählen werde.

Felizitas. Nun so kommen Sie gegen Abend, da werde ich Ihnen vielleicht eine bestimmtere Antwort geben können. Für jetzt mein Engel begleiten Sie mich noch in meine Gallerie; sobald ich Ihnen Ihren berühmten Stammvater den frommen Schweppermann werde gezeigt haben, sollen Sie in Freyheit seyn! Aber, (schlägt ihm mit dem Fächer sanft auf die Backe) Ich hoffe Sie werden Wort halten!

v. Rose. Nach Ihrem Augenwinke meine theureste Gebieterinn!

Felizitas (in Abgehen für sich) Theureste Gebieterinn? Was das für ein entzückender Name ist! (beyde gehen ab)

Sechster Auftritt.

Louise, die sich während des vorigen Auftrittes sehen lassen und Zeichen ihrer Zufriedenheit über Rosen geäussert, gehet hervor.

Unvergleichlich! die Eroberung war bald fertig. Nun, der erste Vogel wäre im Garne, jetzt

jetzt muß ich auch den übrigen zupfeiffen. Doch still da kömmt unsere Dichterinn ganz tiefsinnig aus ihrem Musäum; ohne Zweifel brütet sie wieder über eine neue poetische Misgeburt. Die hätte uns einen schönen Streich gemacht, wenn Sie einige Minuten früher gekommen wäre. Jetzt frisch auf den zweyten Fang.

Siebender Auftritt.

Euphrosine mit einem Blatt, Louise.

Euphrosine ohne Louisen gewahr zu werden, liest in emphatischem Tone.

So zeitig wandelst du zur Ruh,
Du schöner Sonnenkäfer du!
Ein unbarmherziges Schaaf,
Das dich in Blumenbetten traff,
Erzielte dein Verderben!

Louise. Der Sonnenkäfer geht ihr so nahe, daß Sie weder sieht noch hört. (laut.) Gnädige Frau!

Euphrosine. (ohne sich zu unterbrechen)
Gequetscht von seinem Zahn,
Der nichts als beissen kann,
Mußt du so kläglich sterben

Louise. Das verwünschte Schaaf! (laut.) Ihro Gnaden!

Euphrosine (wie oben.)
So zeitig wandelst du zur Ruh,
Du schöner Sonnenkäfer du!

Louise.

Louise. (fast schreyend.) Hören doch Ihro Gnaden, ich habe Ihnen nothwendige Dinge zu sagen.

Euphrosine. Wie, welche unharmonische Stimme unterbricht mich?

Louise. Ich beklage gar sehr, daß eben ich der heischere Kukuk seyn muß. Es ist ein junger artiger Herr im Vorzimmer, der Ihro Gnaden zu sprechen wünscht

Euphrosine. (Indem Sie das Papier zu sich steckt.) Daß man doch von profanen Geschöpfen immer in der besten Laune gestöhrt wird! Was sucht er, wer ist er?

Louise. Nach der Gewißheit seiner Worte ist er ein Edelmann und nach der Ungewißheit meines Urtheils könnte er wohl gar ein Gelehrter seyn!

Euphrosine. Ein Gelehrter? Wäre es möglich? Woraus schließt du das, Louise?

Louise. Gewiß nicht aus der grossen Perücke; denn er trägt keine, sondern aus untrüglicheren Umständen; zum Beyspiel aus seinen vielbedeutenden Blicken, aus seiner besondern Art zu reden, kurz aus gewissen zusammengesetzten Merkmalen, die sich besser beurtheilen als beschreiben lassen.

Euphrosine. So laß ihn herein kommen; wenn deine Muthmassungen Grund haben, kannst du nicht eilfertig genug seyn.

Louise. Geben Sie acht, ob es nicht auf meine Prophezeihung hinaus lauffen wird! (gehet ab)

Euphro-

Euphroſine. O wenn doch die wohlthätigen Muſen meine Seufzer erhört und einen ihrer Günſtlinge zu mir geſendet hätten, die lodernde Glut meines dichteriſchen Geiſtes in hellere Flammen zu ſetzen! Schon lange hat ſich mein Herz einen freundſchaftlichen Gefährten gewünſcht.

Achter Auftritt.

Euphroſine. Herr von Roſe.
Louiſe die ihm die Thüre öffnet und wieder fort gehet.

Herr von Roſe etwas in der Ferne nach einigen ehrfurchtsvollen Verbeugungen, die Euphroſine erwiedert

Von der allgemeinen Bewunderung, dem ſchuldigen Opfer Ihrer Verdienſte durchdrungen, und auf den Fittigen eines dienſtfertigen Genius getragen nähere ich mich einer Dame, die der Stolz der Künſte zur Zierde ihres Geſchlechts erhoben hat.
So wie die Saite bebt wenn ſie ein Künſtler
ſchlägt,
Ward auch mein fühlbar Herz von deinem
Ruhm bewegt.
Und ſchneller als der Pfeil von eines Smintheus Bogen
Die weite Luft durchſägt, iſt es dir zugeflogen!
Euphroſine. Himmel, welch ein Zauberton! — Habet Dank gütige Muſen, mein Wunſch
iſt

ist erfüllt! (laut) Mein Herr — oder wie ich Sie nennen soll, Ihre Sprache verkündiget mir die Gegenwart eines edleren Wesens, und nur die angenehme Bestürzung über eine so unvermuthete Erscheinung setzt mich ausser Stand Ihnen eben so idealisch zu antworten.

v. Rose. Zu reizende Entschuldigung! Die Dichterwelt hat von Ihrem hohen Geiste so überzeugende Merkmale, daß es Verbrechen seyn würde an Ihrer Fähigkeit im geringsten zu zweiflen. Nur einem Bewunderer, der soweit unter Ihrer Würde als der Mond unter der Königinn der Gestirne ist, kömmt es zu, ein Lobredner Ihres Ruhmes zu seyn.

Unter soviel holden Schönen,
Die Verdienst und Schönheit krönen,
Die ein Dichter je besungen,
Hast du als einen ächten Preiß,
Von Saphos edlem Lorberreiß
Dir einen Kranz errungen!

Euphrosine. Sie sind zu verschwenderisch mit Ihrem Lobe. Die wenigen Versuche die ich bisher der Welt mitgetheilt habe, sind zu unbedeutend, als daß ich Ihre Verse nicht für eine Schmeicheley ansehen sollte.

v. Rose. Welch eine liebeswürdige Bescheidenheit! Nur große Seelen sind einer solchen Selbstverläugnung fähig, die aber ihren Werth nur desto mehr erhebt und dem Bewunderer doppelt schätzbar macht

Bey

Bey soviel Reiz, bey soviel seltnen Gaben,
Womit die Götter dich gezieret haben,
Verbindest du mit holder Schüchterheit,
Auch den Vorzug der Bescheidenheit!

Euphrosine. Ich erstaune über den Reichthum Ihrer ruhmwürdigen Muse! O gönnen Sie mir doch das Vergnügen einen Mann, dessen erster Anblick mir Bewunderung entriß, persönlich zu kennen.

v. Rose. Vergeben sie es meiner Zerstreuung, oder vielmehr der mächtigen Begeisterung mit der Ihre Gegenwart mein ganzes Wesen erfüllte, daß ich mich an diese nothwendige Pflicht erinnern ließ. Ich habe also die Ehre Ihnen zu sagen, daß ich einen zweyfachen Namen führe; nach der gelehrten Gesellschaft von der ich ein unwürdiges Mittglied bin, heisse ich Melisander, mein Familienname aber ist Wertheim, der Name eines Hauses, das sich seit vielen Olympiaden durch seinen Eifer für die schönen Künste berühmt gemacht hat; von beyden werden Sie vielleicht eine vorläufige Känntniß haben?

Euphrosine. Wertheim? — Melisander? — zu meiner Beschämung muß ich gestehen, daß ich mich weder des einen noch des andern erinnern kann: Sie müssen vermuthlich sehr abgesondert gelebt haben, daß ich nichts von Ihnen gehört habe?

v. Rose. Sie errathen es meine Wehrteste; das Geräusch der Welt war nie mein Abgott, und seinem unruhigen Gewühle habe ich immer die heitere Stille des Landes vorgezogen. Dort lebe ich frey vom Zwange der Gesellschaft, finde Sprache in den Bäumen, Beredsamkeit in den Bächen und Vergnügen in jedem Dinge. Ich erhebe ungespottet die Stimme meiner Muse und athme mit unbefangener Zufriedenheit die aromatische Luft, die mir ein reinnerer Himmel darbietet.

Euphrosine. Sie machen mir eine entzückende Schilderung. Wie angenehm müssen Ihnen nicht die Stunden verfliessen und wie sehr sind Sie um diese Glückseligkeit zu beneiden.

v. Rose. Sie irren sich gnädige Frau; selbst die Freude hat ihren verborgenen Kummer; so scheinbar reitzend auch mein Glück ist, so wird es doch vom einem Verlangen unterbrochen, dessen Uugestümm zu besänftigen alle andern Vergnügungen zu schwach sind!

Euphrosine. Ich begreiffe nicht, was für ein Wunsch Ihnen noch übrig seyn könnte.

v. Rose. Der wesentlichste, den die Natur selbst in unsern Busen gepflanzt — eine zärtliche theilnehmende Gattinn, die Würze der Freuden und die Seele des Lebens! — Schon lange zielte mein Herz nach diesem höhern Zweck, aber unerbittliche Winde verwehten bisher meine vergeblichen Seufzer.

Euphrosine. Kaum sollte ich es glauben! ein Mann von Ihren vorzüglichen Eigenschaften dürfte ja unter allen Schönheiten nur wählen; wahrhaftig eine Feindinn ihres Glückes müßte es seyn, die eine so glänzende Eroberung ausschlüge! v. Ro=

v. Rose. O meine Freundinn! Schönheit ist ein flüchtiges Gut, wenn ihr die Uebereinstimmung des Geistes keine anhaltende Dauer giebt. Nur dieser Abgang hat meine Wahl unbestimt gelassen; aber nun — dürfte ich den Ausspruch meines Herzens entdecken — wie schnell würde sie getroffen seyn!

Euphrosine. (Verwirrt.) Mein Herr — Ihre Sprache — diese Wendung — ich weiß nicht, ob ich sie auch verstehe — —

v. Rose. (Ihr zu Füssen fallend.) Ja, meine Theureste, Sie müssen sie verstehen, geben Sie ihr keine falsche Wendung. Zu Ihren Füssen stammle ich das Geständniß meiner Verehrung, zu der mich Ihre Vollkommenheit mit dem ersten Blick aufforderte und die nur mit dem letzten ein Ende nehmen kann!

Euphrosine. Meine Verwirrung — diese Erklärung, Ueberraschung sollte ich sagen — stehen Sie doch auf, ich kann Sie nicht in dieser Erniedrigung sehen.

v. Rose. Nein, nicht eher will ich ablassen, bis ich zu meiner Beruhigung ein tröstendes Wort aus ihrem reizenden Mund habe.

Euphrosine. (Zärtlich.) Schonen Sie meiner Empfindlichkeit — dringen Sie nicht weiter auf eine Erklärung, für die meine Verwirrung nur zu beredt ist; möchte doch Ihre Neigung so dauerhaft seyn, als sie schnell entstund, welch ein merkwürdiger Tag würde der heutige für mich seyn.

v. Rose.

v. Rose. Setzen Sie keinen Zweifel in die Wahrheit meiner Worte, edle Seelen sind keiner Veränderung fähig. Ich erkläre mich von nun an für Ihren unabläßigen Verehrer; nur von Ihrer Bestimmung soll der Augenblick abhängen, der meine Sehnsucht mit dem reichlichsten Wucher der Vollendung vergelten soll.

Euphrosine. Ich bin zu schwach Ihnen zu wiederstehen; hoffen Sie alles, mein theurer Melisander, und erwarten von der Zeit das, wozu ihre Liebe und Ihre Verdienste Sie berechtigen. Mein längst gefaßter Vorsatz Niemand als einem Liebling der Musen meine Hand zu reichen, mag Ihnen hinlänglich erklären, was Sie zu hoffen haben.

v. Rose. (küßt Ihr die Hand) O meine Theuerste, wie glücklich machen Sie mich! Schon fühle ich einen Vorgeschmack der Seeligkeit, die mir der Besitz einer so holden Gefährtinn verspricht. — Wieviel könnte ich Ihnen noch von der Empfindung meines Herzens sagen! Aber so ein erwünschter Ausschlag will nicht mit gemeinen Worten beschrieben seyn; er verdient in der erhabenen Sprache der Dichter gepriesen zu werden; von dieser Begierde entflammt, entferne ich mich von dem Ziel meiner Wünsche und eile den feurigen Abdruck meiner Gedanken noch heute zu Ihren Füssen zu legen.

Euphrosine. Ja, befriedigen Sie Ihren edlen Trieb, mein wertester Melisander; ich will Ihrem Beyspiel folgen und auch meine

Empfindungen in einer geistvollen Ode zu schildern suchen; in einigen Stunden wollen wir einander unsere wechselseitige Zärtlichkeit mittheilen.

v. Rose. O welche bezaubernde Uebereinstimmung! Ja eilen wir meine Theureste! Mein überfliessendes Herz wird nur einer kurzen Zeit zu seiner Schilderung bedürfen.

Belebt vom Feuer deines holden Blickes
Preis' ich entzückt die Fülle meines Glückes;
Und stimmt dein Wunsch mit meiner Sehnsucht ein
So bin — so bleib — so leb — so sterb ich dein!

(er geht ab)

Euphrosine. O Himmel, ich bin ganz ausser mir! — Ich seine Gattinn? Bin ich wohl fähig mein Glück zu übersehen! O wie gut, daß seine Entfernung meinem Herzen Luft machte, eine zärtliche Ohnmacht wäre sonst unvermeidlich gewesen.

Neunter Auftritt.

Antoinette Euphrosine.

Antoinette.

Ah! vous voila ma soeur! Ich suchte dich, ich habe dir einen trait zu erzählen, der dich gewiß amusiren wird; c'est une nouvelle des plus ridicules.

Euphro-

Euphrosine. Vergieb mir liebe Schwester — du findest mich in einer sehr kritischen Lage; mein Herz ist durch einen besondern Zufall so erschüttert, daß ich einiger Erholung bedarf. Ein andermal, wenn es dir gefällt, sollst du meine ganze Aufmerksamkeit haben. (sie geht ab)

Antoinett. Qu'est ce que c'est? Was fehlt der Träumerinn? Sollte sie wohl ihre fureur poetique so sehr erschöpft haben?

Zehnter Auftritt.
Antoinette und Louise

Louise (schnell)

Nun Gnädige Frau, habe ich die Wahrheit — — Ach ich bitte um Vergebung, ich glaubte Madame Euphrosine zu sprechen.

Antoinette. Quelle insolence! Was doch die deutschen Kammermädchen für insupportable Geschöpfe sind!

Louise. O das ist eben kein Beweis; als ob sich französische Kammermädchen nicht auch in der Person irren könnten. Indessen überhebt mich Ihre Gegenwart der Mühe, Sie aufzusuchen; ich wollte Ihnen eben einen allerliebsten jungen Herrn melden, der so galant und so brühwarm, als er vor einigen Tagen aus Paris kam, mit Ihnen zu sprechen verlangt.

Antoinette. Wie, un Gentilhomme de France? warum verweilet er, wo ist er?

Louise.

Louise. Im Vorzimmer; er wartet nur auf Ihren Befehl, Ihnen zu Füssen zu fallen.

Antoinette. Quelle negligence! Er soll kommen. O wie reichlich wird mich seine vivacité für die deutsche Trägheit entschädigen.

Louise. Daran ist gar kein Zweifel — Ach da kommt er schon! (sie entfernt sich)

Eilfter Auftritt.

Herr von Rose, Antoinette.

v. Rose.

Schöne Wittwe, vergeben Sie meiner Ungedult Sie zu sehen, daß ich Ihrer Erlaubniß zuvor komme! Avec votre permission, wollen Sie sich nicht setzen? (Er giebt Ihr einen Stuhl und setzt sich neben sie) Ich bin entsetzlich müde! sur mon honneur Sie sind heute schon die zehnte beauté, zu der ich en visite komme, und Sie sollen mich für die Langeweile, mit der mich alle neune jusqu' à la mort ennuyirten, schadlos halten.

Antoinette. Monsieur, je suis ravie de cet honneur, wenn ich nur nicht so unglücklich als meine Vorgängerinnen bin!

v. Rose. Befürchten Sie nichts ma petite Reine! Hätte man mir auch nicht vorhin gesagt, daß Sie den bon ton françois vollkommen inne haben, so würde mich Ihre

ma-

manieres aisées mit dem ersten Worte davon
überzeugt haben.

Antoinette. Sans compliments; man hat
mir gesagt, daß ich hierin einige superiorité
habe; aber ich wundere mich sehr Sie in
einer Sprache zu hören, die sich mit dem
bon ton am wenigsten zu vertragen scheint.

v. Rose. Je vous demande pardon, vous
donnez dans un grand prejugé! Sie erzeigen
unsern schöpferischen Lehrmeistern wenig Ehre,
wenn Sie glauben, daß die Artigkeit nur
in ihrer Sprache bestünde. Nicht die Sprache, der Geist allein ist es, der unsere schwer-
fälligen Deutschen abgeschmackt macht. Ein
wahrer Franzose mag sich in was immer für
einer Sprache ausdrücken, seine conversa-
tion wird doch immer angenehm bleiben;
mais quelle misere! Was für eine traurige
Sache ist es hingegen unter Menschen zu seyn,
die sich alle Mühe geben die vivacité aus
ihrem Umgange zu verbannen! kein bel air,
kein bon mot, kein esprit! man sollte glauben, alles wäre wieder in seine alte patri-
archische barbarie zurück gesunken!

Antoinette. Eine betrübte Wahrheit, von
der ich leider, ein täglicher Augenzeuge seyn
muß!

v. Rose. En verité, ich sollte fast schwören,
unsere beautés hätten sich untereinander ab-
geredet, wie eine Glocke einerley Töne von sich
zu geben. Ich trete irgendwo ein, ich finde
une jolie enfant; ich nehme das erste Beste,
was mir in die Augen fällt zum Gegenstand

meines

meines Gespräches: ma petite déesse Sie
haben heute ein chàrmantes Kleid gewählt!
—„Ja, es ist nicht übel„! Sie haben einen
unvergleichlichen gout in Ihrem Kopfputze!
—„Ich bin Ihnen sehr verbunden„ Ma foi,
Sie sehen aus wie eine kleine Zauberinn!—
„Sie sind zu gütig„ — Que diable, was soll
man mit so leblosen Statuen anfangen? —
Ich nehme meine refuge zu den Chapeaux,
ich biete meinem Witz auf, ich sage einen gu=
ten Gedanken ein neues bon mot. — Man
sperrt das Maul auf ohne zu antworten,
die Bauche erschüttern sich durch ein halber=
sticktes Gelächter, die aufgebunsenen Köpfe
stossen zusammen, man lispelt sich in die Oh=
ren, murmelt etwas von Geschäften und der
ganze entretien hat ein Ende. Der Ver=
druß jagt mich fort; ich besuche noch zehn
zwölf Gesellschaften, & foy de Gentilhomme,
wenn ich unter einer so zahlreichen Verschie=
denheit den geringsten Unterschied finde.

Antoinette. O mon dieu! quelle steri-
lité. Welch ein ergiebiger Stoff zu tausend
artigen anecdoten wäre nicht Ihre conver-
sation für eine dame d'esprit gewesen? Par
exemple: von der Schönheit des Kleides
hätte sich eine kleine Digression auf die
Kunst, die Industrie oder über das Commerce
machen lassen; le choix de la coefure hätte
ein raisonement sur la varieté des modes
veranlassen können. O ich ärgere mich noch
zu tode, daß ich in einem so barbarischen
Lande gebohren werden muste! Man wird

mich

mich nach dem Beyſpiel meiner Landesmän⸗
ninen für eine eben ſo alberne automate
anſehen.

v. Roſe. O ciel, que-dites vous!—au con-
traire, jedermann wird Sie für eine voll⸗
kommene Pariſiene anſehen, ſur mon ame
ich ſterbe vor Ihren Augen, wenn Sie nicht
die erſte Schöne ſind, die mich, ſeit ich wie⸗
der die dicke melancholiſche Luft meines Va⸗
terlandes einſäuge, über meine gewaltſame
Trennung von Paris ſoulagiren könnte.

Antoinette. Ich würde mich ſehr glück⸗
lich ſchätzen Ihr Zutrauen zu verdienen, ja
ich verſichere Sie, daß mich Ihre connois-
sance alle Wiederwärtigkeit meines Aufent⸗
halts auf einmal vergeſſen macht.

v. Roſe. Welch eine angenehme Harmonie!
ma foi, faſt ſollte ich glauben, une simpa-
thie ravissante hätte unſere Seelen ſo zu
ſagen für einander geſchaffen!

Antoine. Wenn ich nicht zu frey bin ſoll⸗
te ich es ebenfalls denken. Darf ich in deſ⸗
ſen fragen, welche grauſame Nothwendigkeit
Sie aus dem sejour des delices in dieſes
finſtere Klima zurückgebracht hat?

v. Roſe. O die abgeſchmackteſte obstina-
tion, die unſeren Familien immer eigen iſt.
Man ſchickt mich in die groſſe Welt; ich flie⸗
ge nach Paris, man empfängt mich à bras
ouverts; ich werffe den deutſchen Namen ei⸗
nes Ritters von Hohenberg von mir, und
finde als Chevalier de Haute-montagne en-
trée in die brillanteſten assembleen. Prin⸗
zen

zen vom Geblüte selbst begegnen mir d'une distinction particuliere, enfin man huldigt mir durchaus als dem ersten Gentilhomme de toute la France; tout d'un coup ruft mich ein verwünschter Befehl meiner Anverwandten mitten aus meiner brillianten cariere nach Deutschland zurück! Was ist zu thun?—il faut passer par là malgré moi. Ich retournire, zwar mit einem ziemlich leeren Beutel aber mit einer abondance von Witz und Geschmack; ich komme an und der erste Antrag, le croiroit on? der erste Antrag meiner Familie ist, mich durch eine Heyrath in ein deutsches Stammenregister zu vergraben.

Antoinette. O ciel! Welch ein betrübter propos muß das nicht für Sie gewesen seyn.

v. Rose. Assurement; ich ward wie vom Donner gerührt und die desperation würde mich zu einer Art von Wahnsinn gebracht haben, wenn mich nicht die Hoffnung auch hier ein Muster des graces françoises zu finden, wieder zu mir selbst gebracht hätte.

Antoinette. Zu ihrer Beruhigung wünsche ich, daß ihre Hoffnung einen glücklichen Ausgang gewinnen möchte; ob ich mich gleich nicht getraute Ihnen dafür zu garantiren. Sans doute werden Sie mehr grimacen als getreue copien antreffen!

v. Rose. O mon Ange, wenn man so glücklich ist Originale ihrer Art zu sehen, hat man nicht nöthig sich um mislungene copien zu bekümmern. (*küßt Ihr die Hand.*)

An-

Antoinette. Ah Monsieur, vos protestations sont très charmantes: vielleicht würde mir mein Herz eine eben so verbindliche Erklärung eingeben; wenn ich nicht wüste, daß die Herrn aus Frankreich mehr galant, als Ihren Worten getreu zu seyn pflegten.

v. Rose. Comment Madame! Sie Zweiflen an meiner Zusage? Parbleu, so eine mefiance muß an der Stelle gerochen werden. (er küßt sie.) voyez vous, der Theil so das Verbrechen begieng muß auch dafür büssen!

Antoinette. Ah! petit mechant — Sie wissen sich sehr überzeugend zu rächen; auf diese Weise würden Sie mich schwerlich zu einer Wiederruffung vermögen!

v. Rose. O fort bien, meine kleine Zauberin, wir verstehen uns! Ah ça; mon petit amour geben Sie mir Ihre schöne Hand, wollen Sie die meinige seyn?

Antoinette. Wenn Ihr Herz so feurig ist als Ihre Worte, wer sollte Ihnen widerstehen, (Sie reicht ihm die Hand.) tenez, je suis toute à vous!.

v. Rose. Heureux, que je suis! (kniend) zu Ihren Füssen schwöre ich, daß meine Erkäntlichkeit ohne Gränzen seyn soll!

Antoinette. Comme mon amour, quand l' hymen nous aura rendus heureux.

v. Rose. Hoffen Sie alles, ma belle veuve, was mich dem Ziel meiner Wünsche näher bringen kann. Nur erlauben Sie jetzt, daß ich Sie verlasse; meine satisfation ist

zu

zu groß, daß ich nicht eilen sollte, meine Familie von dieser glücklichen avanture zu informiren; sobald ich diese angenehme Pflicht erfüllt habe; vous me reverrés à vos genoux!

Antoinette. Ah! le plutot possible; ich wünsche sehr, daß Sie mit Ihrer Wahl zufrieden seyn möchten!

v. Rose. Reposez vous en sur moi! in einigen Stunden sind wir beyde unserer Sache gewiß! En attendant portez vous bien, Reine de mon cœur!

Antoinette. Adieu mon bienaimé!

v. Rose. Adieu mon ame!

Antoinette. Adieu donc.

(es gehn beyde an verschiedenen Seiten ab.)

Zwölfter Auftritt.

Louise, Sophie.

Louise.

Kommen Sie Fräulein! Wir sind nun ganz im Trocknen. Herr von Rose hat seiner Geschicklichkeit Ehre gemacht; nun mag der Herr Onkel vollenden, was dieser so glücklich eingeleitet hat.

Sophie. Ach Louise, mein Herz ist in einem martervollen Zustande; Furcht und Liebe bestürmen es, wie ein leichtes Blat von zwey entgegen wirblenden Winden bald emporgehoben, bald wieder herabgedrückt wird, ohne daß man weiß, ob es im Wasser oder auf der Erde zu liegen kömmt.

Louise. Ey setzen Sie ihre ängstlichen Gleichniße beyseite und befehlen diesen selbst erregten Wirbelwinden zu schweigen. So lange die Sache gefährlich stund, können Sie gewiß nicht mehr als ich selbst gezittert haben, ob es mich gleich nicht so nahe als Sie angeht; nun aber der wichtigste Versuch so glücklich abgelauffen ist, wer wollte da nicht einen guten Ausgang hoffen. Kommen Sie Fräulein; Herr von Rose ist eben zu Ihrem Onkel hinübergeschlichen, die letzte Hand an das Werk zu legen. Nebst dem Vortheil Ihren Geliebten ungehindert zu sprechen, werden auch seine Ueberredungen bey dem gnädigen Herrn mehr Gewicht haben, wenn sie von den Ihrigen unterstützt werden.

Sophie. Nun wohl, ich folge dir, aber der Himmel weiß welche Angst ich ausstehe!

Louise. Lassen Sie es gut seyn, sie wird bald zu Ende seyn. Um so entzückender wird Ihre Zufriedenheit seyn, je ungewisser und peinvoller die Erwartung gewesen. Eilen wir, morgen um diese Zeit wird es uns besser seyn! (gehen beyde ab.)

Dritter Aufzug.

Erster Auftritt.

Johann, der eben mit der Beleuchtung des Saals fertig wird. Hernach Martin in einem sauberen Kleide und etwas ungewöhnlich frisirt.

Johann.

So! — das wär' auch geschehen; nun glaube ich wird alles in Richtigkeit seyn. (sieht überall nach.)

Martin. (kömmt itzt herein.) Fleißig Martin, ist er bald fertig.

Johann (der sich umsieht:) Zu dienen; je zum Henker er sieht ja recht prächtig aus, mein lieber Martin!

Martin. Ey ja wohl Martin, je suis valet de chambre de Madame Antoinette!

Johann. Ich verstehe sein kauderwellsch nicht; was soll denn das vorstellen?

Martin. Weiß er denn noch nicht, daß mich Madame Antoinette für heute von meinem Herrn ausgeborgt und zu einem französischen Kammerdiener umgegossen hat?

Johann. Kein Wort.

Martin. Auch nicht, daß ich heute nicht Martin, sondern Monsieur Papillon heisse?

Joh. Von einem so wenig als vom andern.

Martin. O er poetischer Postklepper, er wird wohl seine grosse Nase wieder zu tief in seine Leberreime gesteckt haben, weil er nicht einmal weiß, was im Hause vorgeht. Also hat er wohl auch den Heyducken und den Portier der gnädigen Frau Felizitas nicht gesehen?

Joh. He he Herr Martin, er mag seine kleine Nase wohl zu tieff ins Weinglas gesteckt haben. Seit wenn haben wir denn einen Portier und einen Heyducken im Hause?

Martin. So viel ich weiß, seit einigen Stunden; sie sehen gar nicht übel aus, haha!

Joh. Davon weiß ich nichts; nun meinethalben, wenn es nur verträgliche Leute sind.

Martin. O er kennt beyde sehr gut. Rathe er einmal wer der Heyduck ist.

Johann. Wie kann ich das errathen; ich kenne Leute genug die einen Heyducken abgeben könnten, aber wer kann eben den rechten herausfinden. Wer ist es denn?

Martin. Der Kutscher, der ihm heute früh bey dem gnädigen Herrn bald die Rippen eingetretten hätte?

Joh. Ey verflucht! Den hätte Madame Felizitas zum Sänftenträger machen sollen; aber wer versieht denn indessen seine Dienste?

Martin. Der Bratenwenderjunge, den er öfters in der Küche gesehen haben wird. Er muste des Kutschers Pelz anziehen, und die gnädige Frau hat ihm mit eigenen hohen Händen einen Schnurbart von schwarzen Kapaun Federn gemacht.

Joh. Ha ha! Gehe er mit seinen Narrenspossen, er möchte mir wohl gern einen Bären anbinden.

Mar. Auf meine Ehre! Wenn er mir nicht glaubt, so wird er doch seinen Augen glauben.

Gehe

Gehe er nur einmal hinunter, da kann er ihn selbst sehen.

Johann. Haha, das ist lustig! Wer ist denn hernach der Portier?

Mart. Der Portier? Haha — da wir er erst lachen. Er kennt doch den alten Invaliden, der alle Wochen seinen Gnadengehalt bey Madame Felizitas abholt?

Johann. Den, der nur einen Fuß hat?

Martin. Ja der ist es.

Johann. Jetzt hör er auf mit seinem Vexiren, das wäre wohl der erste Portier den ich in meinen Leben mit einem Fuße gesehen hätte!

Mart. O dafür hat Madame Felizitas schon Rath geschaft. Damit die Leute diesen Abgang nicht merken so befahl sie ihm mit der Seite, woran der Fuß fehlt hinter und mit der andern vor dem Hausthor zu stehen.

Johann. Das ist ja zum toll werden! Womit hat Sie Ihn denn in der Geschwindigkeit angekleidet?

Martin. Mit einem alten Schweizeranzuge, den der Masquenschneider hergeben mußte.

Johann. Mein Seel! Der muß nicht übel aussehen. Sag er mir doch, wo mag das alles hinaus wollen?

Martin. Das weis ich so wenig als er; vermuthlich wird Gesellschaft kommen, bey der unsere Hausgöttinnen sich Ehre einlegen wollen.

Johann. Das kann wohl seyn; aber das ist ja sonst nie geschehen?

Mart. Nun so geschieht es heute. Sieht er, nun habe ich ihm alle Neuigkeiten gesagt, die er

nicht

nicht weiß; jetzt sage er mir auch eine, die ich nicht weiß und die ihm bekannt seyn wird.

Joh. Herzlich gerne, was will er denn wissen.

Martin. Was bedeutet die große Tafel mit der Schrift und den Girlanden von Goldpapiere und Tannenreisern vor der Thüre?

Johann. Das sind Verse, die Madame Euphrosine selbst gemacht und mit dieser Verzierung hier aufzuheften befohlen hat. Es sollten eigentlich Lorberreiser seyn; weil wir aber in der Eile keine bekommen konnten, mußten wir mit Tannenreisern vorlieb nehmen. Ohne Zweifel wird sie unter andern Gästen auch ein paar Poeten zum Souppe geladen haben. Höre er Martin, ich habe gehört, diese Leute sollen entsetzlich hungrig seyn; wenn es wahr ist, wird wohl heute für uns nicht viel übrig bleiben?

Martin. Die Wahrheit sieht man an ihm, weil er sich schon fürchtet, daß er zu wenig bekömmt; er hat ja heute auch einen Vizepoeten abgegeben.

Zweyter Auftritt.

Louise, Vorige.

Martin.

Da kömmt Jemand, der uns vielleicht nähere Auskunft geben kann.

Johann. (ihr entgegen gehend) Guten Abend, mein schönes Louischen! Lassen Sie sich auch bey uns sehen?

Louise. Guten Abend, mein lieber Johann. (Martinen erblickend) Was ist das, ein Fremder? —   Joh=

Johann. Ey warum nicht gar, sehen Sie ihn nur einmal an.

Louise (die hervor tritt und Martin unters Gesicht sieht) Je du Blitzmartin! Beynahe hätte ich den ausgeborgten Schelm nicht gekannt.

Martin. He Jungfer Louise! Sie vergessen, wer ich heute bin; morgen, wenn ich meine Liverey wieder angezogen habe, nehme ichs für bekannt an; aber heute bin ich verdammt ehrgeitzig!

Louise. O er ist ein ehrgeitziger Narr!

Martin. Immer besser —

Johann. Schweige er doch, und laß er mich ein Wort mit Mamsell Louischen reden. Haben Sie doch die Güte schönes Kind und sagen uns, was heute in unserm Hause vorgeht, daß so seltsame Anstalten gemacht werden.

Louise. Meine Herren, meine Unwissenheit erstickt die Begierde ihnen zu dienen. Wenn wir Musik hätten, so dächte ich unsere Damen wollten einen Maskenball anstellen, denn es sieht alles so grotesk aus, daß man seine Lust daran hat.

Johann. Ja wahrhaftig — Was aber noch seltsamer ist, so macht eine Jede ihre besonderen Anordnungen; und Jede befiehlt der andern nichts davon zu sagen.

Louise. Nun das wird eine artige Komödie geben. Wir können ja den Spaß abwarten. Jetzt meine Herren, da hier alles fertig ist, könnten sie wohl weitere Befehle
holen,

holen, zweifelsohne wird es noch mehr Geschäfte geben.

Johann. Sicher mein Engel! Ich danke für Ihre gütige Erinnerung. Komm er Martin, wenn sie uns so lange vermissen, könnte es wohl nach Gewohnheit einen kleinen Sturm absetzen. Adieu schönes Louischen! (etwas heimlich zu Ihr) Wenn ich einmal in der Poesie stärker bin, werde ich Ihnen mit einem Liede über Ihre Schönheit aufwarten. (er geht ab)

Louise. Gut mein liebster Johann.(für sich) Da wird was erbauliches heraus kommen.

Martin. Ich verlasse Sie gleichfalls, mein schönes Kind, ob ich gleich vieles auf dem Herzen hätte — — —;

Louise. Spare er das auf ein andermal, wenn er mehr Zeit hat. Ich kenne seine Hochachtung für unser Geschlecht, folglich weiß ich auch, wie ich mich hinwieder zu verhalten habe ; gehe er nur jetzt, sonst möchte er etwas versäumen.

Martin. Nach Ihrem Winke, meine reizende Befehlshaberinn! Wenn sich gleich Monsieur Papillon entfernet, bleibt doch Martins Herz bey Ihr! (ab)

Dritter Auftritt.

Louise allein.

Was das für ausgesuchte Zärtlichkeiten sind! — Nun wird sich der Knoten bald ent=

entwickeln müssen.) Die gnädigen Schwestern werden Lärmen schlagen! — Immerhin,
so hat doch das Hausgepolter auf einmal
ein Ende. Herr von Rose bekömmt ein
schönes Weibchen, Fräulein Louise einen lieben Mann und ich — — da steckt die Blü-
the freilich noch im Knospen! — Was thuts;
belohnt man mich nach Versprechen, so darf
ich nur winken und ich habe mehr als ich
brauche. Herr von Biederfall wird auch seiner vorgeblichen Plage los — Ja doch, vier
Personen glücklich zu machen verlohnt sichs
wohl der Mühe, dreyen eigensinnigen Mär-
rinnen einen listigen Streich zu spielen, doch
wer kömmt da?

Vierter Auftritt.

Louise, Hr. von Rose tritt schüchtern ein.

Louise.

Ah sind Sie es, Herr von Rose? Kommen
Sie, Sie haben nichts zu fürchten.

v. Rose. Da bin ich liebe Louise, ich habe mich nach deinem Willen nicht ohne Furcht
herüber geschlichen. Sage mir, was ich nun
zu meiner gänzlichen Beruhigung vorzuneh-
men habe?

Louise. Ja mein lieber Herr von Rose—
Sie mögen nun sauer oder süß dazu sehen,
so müssen Sie hier in dem kleinen Kabinet
so lange wieder ein Gefangener seyn bis
Herr von Biederfall sein Versprechen erfüllt,

und

und der Sache den völligen Ausschlag giebt. Wenn der Roman ausgeht, will ich Ihnen schon einen Wink geben.

v. Rose. Wie du meinst beste Louise, ich verlasse mich vollkommen auf dich. Der Preis meiner Bemühung müste minder reizend seyn, wenn ich nicht alles zu seiner Erhaltung anwenden sollte; zudem hat dein erster Anschlag zu gute Wirkung gethan., als — —

Louise. O erwähnen Sie nichts davon, mein Verdienst dabey ist sehr unbedeutend. Ein Gedanke läßt sich leichter angeben als ausführen. Ich habe ihnen zwar schon ein Kompliment über Ihre Geschicklichkeit bey Herrn von Biederfall gemacht, aber ich würde Ihnen noch unzählige machen, wenn es der Ort und die Zeit gestatteten.

v. Rose. Laß es gut seyn. Ich bin zufrieden, daß es so glücklich abgelauffen ist. So fest und gelassen auch meine Aussenseite schien, so peinlich war doch der innere Zustand meines Herzens.

Louise. Das glaube ich Ihnen; mein Herz hat auch wunderliche Sprünge gemacht, als ich Ihnen zuhörte; doch das Weitere auf die langen Winterabende. Gehen Sie jetzt in Ihr angewiesenes Gefängniß, und erwarten bald eine tröstliche Erlösung.

v. Rose. Mit Vergnügen; gutes Mädchen, vollende nur, was mit so gutem Erfolg angefangen worden, und deine Belohnung ist dir gewiß.

Louise,

Louise. Ey wiederholen Sie es nicht so oft, Sie sind Mann genug das zu halten, was Sie einmal versprechen. Merken Sie nur ein bischen auf, Sie können hier die ganze Verhandlung mit anhören.

v. Rose. Mir soll kein Wort, keine Sylbe entschlüpfen. (er geht ins Kabinet ab)

Louise. Das wäre nun auch, wie es seyn soll. Nun werden sie wohl nicht lange mehr säumen, hier ihre geträumten Verehrer zu empfangen; es rückt schon ziemlich an Abend. Ah da kömmt ja schon eine daher.

Fünfter Auftritt.

Euphrosine in einem leichten aber zierlichen Putze. Louise.

Euphrosine.

Bist du da, Louise! Hat Niemand nach mir gefragt?

Louise. Zur Zeit noch nicht, Ihro Gnaden.

Euphrosine. (sich umsehend) Was bedeutet das? Wer hat dann den Saal so herrlich beleuchten lassen?

Louise. Die gnädige Frau Antoinette hat es befohlen.

Euphrosine. Wunderbar (für sich) Was mag sie wohl für eine Absicht haben? Sollte sie es wohl gar mir zu Ehren gethan haben? — Aber wie kann sie von meiner

Eros

Erobernng etwas wissen? (laut zu Louise) Weist du nicht, was sie dazu veranlasset?

Louise. Nein Ihro Gnaden; da kommt Sie eben ans ihrem Zimmer, Sie können es nun von Ihr selbst hören.

Sechster Auftritt.

Antoinette in einem prächtigen Kleide, mi einem Bouquet. Vorige.

Antoinette.

Ah! bon soir mon aimable Soeur, wie befindest du dich, treffe ich dich jetzt in einem bessern humeur, als heute Nachmittag?

Euphrosine. In dem Besten, meine liebe Schwester, ich wüste nicht, wenn ich so munter gewesen wäre.

Louise (für sich) Nur schade, daß es nicht lange dauern wird! (ab)

Antoinette. Fort bien, auf die Art treffen wir recht gut zusammen; ich bin heute auch so leicht so flatternd comme une petite maitresse! Aber sage mir doch ma soeur, wer hat den die grosse Tafel mit der poetischen Aufschrift an die Thüre placirt!

Euphrosine. Das ist auf meine Veranstaltung geschehen.

Antoinette. Mais en verité, das muß einen besonderen Bewegungsgrund haben.

Euphrosine. Ich läugne es nicht, ich habe gewisse Ursachen, die du bald erfahren wirst.

wirst. Doch du hast ja den Saal so artig zusammenrichten lassen und bist selbst so schön geputzt, daß ich auch eine ganz besondere Absicht vermuthen sollte.

Antoinette. Ja ich habe auch meine gewisse Ursachen die sich en peu de tems — aufklären werden.

Euphrosine. Sie sind sehr zurückhaltend, Frau Schwester.

Antoinette. Et vous fort misterieuse Madame!

Siebender Auftritt.

Felizitas in einem höchst affektirten Anzuge.

Vorige.

Euphrosine.

Da kömmt unsere Schwester! — Auch in vollem Staate Das ist unbegreiflich.

Felizitas. Ihre Dienerinn, meine Damen, zum Glück treffe ich Sie hier beysammen, aber — was sehe ich! Ihr glänzet ja beyde wie die Huldgöttinnen? — Und der Saal — Die Beleuchtung? — Darf man fragen, was für einen Zweck diese Feyerlichkeit hat?

Antoinette. Von meiner Seite ist es ein artiger Zufall, der euch beyden ganz unerwartet seyn wird. Aber meine liebe Felizitas, was bewegt denn dich heute si bien parée zu erscheinen?

Felizitas. Ich habe nicht nöthig ein Geheimniß daraus zu machen. Wissen Sie also, daß ich vielleicht nicht lange mehr Wittwe bleiben werde. Ich habe eine Eroberung gemacht, worüber Sie gewiß erstaunen werden.

Euphrosine. Wie, wäre es möglich, Sie eine Eroberung? Nun das freuet mich von Herzen Frau Schwester; und weil Sie so offenherzig sind, will ich Ihr Vertrauen eben so freymüthig erwiedern. Auch ich war so glücklich heute einen Gegenstand zu bestricken, der meiner Zärtlichkeit nicht unwürdig ist.

Antoinette. Quel singulier evenement! Meine Verwunderung bringt mich außer mir selbst. Ich dacht euch beyde mit meiner nouvelle zu surpreniren, und nun höre ich, daß ihr die nämliche avanture gehabt habet.

Felizitas. Was, Sie haben sich auch heute ein Herz zinsbar gemacht?

Antoinette. Nicht anders, ein Herz um dessen Besitz ich gewiß zu beneiden seyn werde.

Felizitas. Nun da sehe man einmal die wunderbaren Fügungen des Himmels! Es ist nicht anders, als ob sein Segen auf einmal über unser Haus gekommen wäre. Wie heißen denn eure geliebten Herzensbezwinger, Wer sind sie?

Euphrosine. Der Meinige ist ein allerliebster Mann; er führt einen zweyfachen Namen. Nach seiner Geburt heißt er von Werthheim, und sein Ehrenname ist Melisan-

sander; diesen hat er sich als ein Mitglied der gelehrten Gesellschaft durch die besondere Fruchtbarkeit seines poetischen Geistes erworben.

Antoinette. Mit dem Meinigen hat es in Ansehung des Namens fast ein gleiches Verhältniß. Deutschland kennt ihn als Ritter von Hohenberg, und als Chevalier de Hautemontagne ist er in ganz Frankreich berühmt. Es ist ein Mann voll vivacité, voll esprit mit einem Wort ein vollkommener Franzose. Eure Chapeaux kommen gewiß in keine Betrachtung, sobald der Meinige zugegen seyn wird.

Felizitas. Das ist meine geringste Sorge; ich bin vielmehr versichert, daß der Meinige die Eurigen verdunkeln wird.

Euphrosine. Wie mir scheint, schmeichelt ihr euch beyde zu viel; wenn ich so was von meinem Liebhaber sagen wollte, würde es vielleicht eher zu verzeihen seyn,

Antoinette. Darüber wollen wir nicht streiten, die Folge wird entscheiden, wer von uns die beste Wahl getroffen hat. (zu Felizitas.) Erkläre dich nur auch einmal und mache uns mit deinem verdienstvollen Eroberer bekannt.

Felizitas. Das soll geschehen. Höret also, und erstaunet! Mein Liebhaber ist aus dem uralten kriegerischen Geschlechte des weltberühmten Schweppermanns und der letzte Stammhalter seines Hauses. Von seinen persönlichen Eigenschaften will ich gar nichts er-

erwähnen, ich würde euch nur einen schwachen Begriff davon beybringen. Schönheit, Verstand, Tapferkeit, kurz der Zusammenfluß aller männlichen Tugenden ist bey ihm anzutreffen; und die Ehre die dadurch unserer Familie zuwächst, der Ruhm. — O ich komme noch ganz von Sinnen, wenn ich die Größe meines Glückes überdenke!

Euphrosine. Du geräthst ja ganz in Begeisterung Frau Schwester, fasse dich und mache dich geschickt dein Glück eben so sehr als wir das unsere zu empfinden.

Felizitas. Nun ihr werdet ihn sehen, ihr werdet ihn sehen, sehen den göttlichen Mann! Seinem versprechen nach, kann er nicht lange mehr ausbleiben; deswegen habe ich mich auch bemüht meinem häuslichen Zustand eine bessere Gestalt zu geben.

Antoinette. Mein Adorateur wird auch bald hier seyn; In dieser Absicht ist auch der Saal auf meine Ordre beleuchtet worden.

Euphrosine. Wie allerliebst! Auch hierin trifft alles so zusammen als ob man es verabredet hätte. Der Meinige wird gleichfals nicht lange mehr säumen hieher zu kommen. Um ihm gleich beym Eintritt meine zärtliche Aufmerksamkeit zu bezeigen, habe ich eine zierliche Tafel mit einem Gedicht von meiner eigenen Arbeit vor dem Saal angebracht.

Felizitas. Recht, Frau Schwester! — Auf diese Art werden wir uns wohl alle dreye in kurzem zu einer zweyten Vermählung entschliessen?

An-

Antoinette. Die Bestimmung der Feyerlichkeit hängt nur von meinem Ausspruch ab.

Euphrosine. Auch ich habe die Freyheit nach Willkühr die Fackeln des Hymens anzusteken.

Felizitas. Ja — Ich werde es auch nicht lange anstehen lassen. Ob es nun früh oder späth geschieht, es läuft doch auf eines hinaus.

Euphrosine. Ich werde deinem Beyspiel folgen, der Anfang muß doch einmal gemacht seyn.

Antoinette. Ja wohl, ich werde meinen lieben Chevalier auch nicht lange um die Erfüllung seiner Wünsche seufzen lassen.

Felizitas. Sehr klug Frau Schwester, man muß das Eisen schmieden weil es warm ist. Da es nun einmal so weit ist, glaube ich, wäre es nicht unschicklich unsern Bruder von unserem Vorhaben zu unterrichten; er hat es zwar nicht um uns verdient, aber wir können dem Wohlstand zugleich Genüge leisten und ihn dabey auch unsern Triumph fühlen lassen.

Euphrosine. Wie es ihnen gefällig ist. Kommen Sie also, wir wollen ihm diese unerwartete Neuigkeit selbst verkünden.

Antoinette. Eh fy donc Vergeben Sie ihren Respect nicht selbst; es wird wohl anständiger seyn, daß er zu uns kömmt, als daß Frauenzimmer unseres gleichen ihm nachlaufen sollen.

Felizitas. Auch wahr, wir müssen unsere Vorrechte aufrecht zu halten suchen. (Sie rufet

fet in die Scene) Louise! (zu den andern,)
Ich werde gleich um ihn schicken.

Achter Auftritt.
Louise und Vorige.
Louise.

Was befehlen Ihro Gnaden?

Felizitas. Sag unserm Bruder — (zu den andern) Wir haben nicht mehr nöthig ein Geheimniß daraus zu machen — Sag ihm daß wir alle dreye so gut als versprochene Bräute sind, und wenn er sich herüber bemühen will, so kann er die Ehre haben, unsere künftigen Männer kennen zu lernen.

Louise. Ganz wohl Ihro Gnaden! (für sich im weggehen.) Er kennt sie besser als ihr selbst. (ab.)

Neunter Auftritt.
Vorige ohne Louise.
Felizitas.

Will er kommen, so ist es gut; will er nicht, so haben wir das unsere gethan.

Euphrosine. Allerdings. Nun noch etwas Frau Schwester; wir müssen auch — eben fällt mir der Gedanke bey — es wäre nicht uneben — wenn wir auch wegen deiner Tochter einige Vorkehrungen zu machen gedächten. Wir haben zwar gewonnenes Spiel, aber
ein

ein junges mannsüchtiges Mädchen — Man kann nicht wissen, ob unsere Liebhaber in ihren Entschließungen so fest sind, daß nicht einer oder der andere durch eine kleine tändelnde Kokette verführt würde.

Felizitas. Je! liebste Frau Schwester, laß dich küssen für diesen glücklichen Gedanken. Daran hätte ich wahrhaftig nicht gedacht; die soll gleich aus dem Hause, und wenn wir sie auf keine andere Art los werden, so muß sie ohne Gnade ins Kloster (zu Antoinetten.) Sind sie nicht auch der Meinung Frau Schwester?

Antoinette. Ich habe zwar nicht Ursache mich zu fürchten; meine Charmes setzen mich in Sicherheit, aber Vorsicht glaube ich, kann niemals schaden.

Zehenter Auftritt.

Biederfall, Louise, Vorige.

Biederfall.

Zum Henker! da steht es auch ganz hochzeitlich aus! — Nun ich höre entzückende Neuigkeiten, entzückend für euch und für mich. Also drey Bräute auf einmal in einem Hause? Nun die Bräutigams möchte ich auch sehen!

Felizitas. Das Glück werden Sie bald haben können, wenn Sie so lange verziehen wollen; Sie sind doch vermuthlich nicht dagegen?

F   Die

Biederfall. Ey bewahre, mit nichten! Ich wünsche einer jeden voh Hertzen Glück, und mir auch. Alle die Grillen mit denen ihr mich bisher gefoltert habt, werden doch jetzt eure Männer zu verdauen kriegen; aber ihr müßt sie nur auch erst haben.

Euphrosine. Darüber seyen sie unbekümmert, das ist unsere Sorge.

Antoinette. Wir würden nicht so zuversichtlich reden, wenn wir unserer Sache nicht gewiß wären.

Biederfall. Wirklich? Glück also, ich wünsche euch abermal Glück! Wenn es so beschaffen ist, daß man Theil daran nehmen kann, so nehme ich ihn von ganzer Seele. Ich danke indessen für ihre freundschaftliche Nachricht, und erkläre mich hier auf das feyerlichste, daß ich nicht das Geringste dawider einzuwenden habe. Nur eine kleine, vielleicht nicht ganz überflüßige Erinnerung, wenn sie es allerseits erlauben, hätte ich hier vorzutragen.

Felizitas. Reden sie ohne Umstände; wenn es nichts ist was unserer Absicht zuwider läuft — —

Biederfall. Ganz und gar nicht, ich habe auf diesen Punkt völlige Verzicht gethan. Also, nach ihren Befehl, ohne Umstände: Du hast eine Tochter Frau Felizitas, die schon in den Jahren ist, daß sie einen Mann nehmen kann. Da ihr euch alle drey wieder verheyrathet, so dächte ich, wäre es ganz schicklich auch für ihr Fortkommen zu sorgen.

Feli-

Felizitas. O von Herzen gern! Wenn es sonst nichts ist, so bin ich ganz Ihrer Meinung. Wissen Sie Jemand, der ihrer würdig ist und sie nehmen will, ich gebe Ihnen alle Vollmacht sie an Mann zu bringen; sie soll nebst ihren väterlichen Erbtheil auch von mir eine hübsche Aussteuer bekommen. Meine Frauen Schwestern werden vermuthlich nichts dawider haben?

Euphrosine. Nicht das Geringste, handeln Sie nach Ihrem eigenen Gutdünken.

Antoinette. Von mir haben Sie auch keinen Einwurf zu fürchten.

Biederfall. Gut das, recht gut. Jezt muß man das Mädchen ein bischen ausfragen, vielleicht hat sie schon etwas auf ihrem Herzen; wann sie keinen Widerstand befürchten darf, wird sie sich ohne Zurückhaltung erklären. (zu Louise.) Geh Mamsellchen und ruffe sie geschwind her.

Louise. Gleich Ihro Gnaden (für sich) Jezt wird sich das Blatt bald wenden (ab.)

Biederfall Ich denke, diese Neuigkeit wird eben kein Donnerschlag für sie seyn.

Felizitas. O gewiß nicht! Sie wollte uns schon lange etwas von einen Manne vorwinseln, aber wir haben sie aus wichtigen Ursachen nicht angehört.

Biederfall. Die wichtigen Ursachen ließen sich erklären — — Doch da kömmt sie ja schon; was doch den Mädchen so eine Nachricht für leichte Füße macht.

Eilfter Auftritt.

Sophie mit Louise, Vorige.

Louise (heimlich zu Sophien.) Reden sie jetzt frisch von der Leber weg, sie können nichts mehr verderben.

Biederfall. Komm her Mädchen, höre, du sollst einen Mann nehmen — Nicht wahr, das klingt besser als die schönste Musik in deinen Ohren? — Geduld es kommt noch besser; Deine Mutter, ich und deine Tanten erlauben dir selbst zu wählen, wenn anders — —

Felizitas. Ueberlassen sie das mir, wenn ich bitten darf, ich bin ihre Mutter, in meine Gewalt hat mir kein Mensch einzugreifen. Komm zu mir Sophie, erkläre dich, du hast es mit einer willfährigen Mutter und gutgesinnten Anverwandten zu thun; rede, solltest du wohl zu Jemanden eine Neigung haben?

Sophie. Wenn ich ohne Zurückhaltung reden darf — Ja liebste Mama!

Biederfall. Nun, habe ich es nicht gesagt? Sie warten nicht auf ihre Verwandten, sie wissen sich schon selbst zu rathen.

Felizitas. Kaum ist es glaublich; wer ist denn der geliebte Gegenstand deines voreiligen Herzens?

Sophie. Es ist Herr von Rose, ein junger Edelmann, der nebst vielen guten Eigenschaf=

schaften, auch ein ansehnliches Vermögen besitzt;

Felizitas. Herr von Rose — Herr von Rose? ein schöner Name; aber er ist mir gar nicht bekannt. (zu den Uebrigen) Haben sie vielleicht einige Kenntniß davon?

Euphrosine. Ich habe niemals etwas davon gehört.

Antoinette. Ich bekümmere mich nicht viel um deutsche Familien, darum ist mir auch dieser Name ganz fremd.

Biederfall. So kenne ich ihn desto besser. Es ist der Sohn des alten Rose, der als Oberamtmann des benachbarten Fürsten vor einigen Jahren gestorben, der Sohn eines rechtschaffenen Mannes und weiland meines besten Freundes. Für die Wahrheit ihrer Beschreibung bin ich ihnen Bürge.

Felizitas. Aber um alle Welt, wie und wo hast du denn mit ihm Bekanntschaft gemacht?

Sophie. Am Hofe eben dieses Fürsten, wohin mich mein seliger Vater schickte und von dem ich vor vier Jahren zurück kam.

Felizitas. Nun, da sehe man einmal das verliebte Ding an! Also mit vierzehn Jahren hast du dir schon einen Liebsten ausgesucht?

Biederfall. Ey was liegt daran mit 14.

Felizitas. Nun meinetwegen, so sey es. Wenn es ein Mann ist, der Vermögen hat, und unserer Familie keine Schande macht, so nihm ihn ins Himmelsnamen, ich bin es zufrieden und meine lieben Schwestern werden es auch seyn?

Euphrosine. Zuverläßig, ich wünsche ihr alles erdenkliche Glück dazu.

Antoinette. Ich ebenfals.

Sophie. Ich Danke ihnen beste Mama, und auch Ihnen meine liebsten Muhmen, Zeitlebens werde ich Ihre Gütigkeit preisen.

Biederfall. Also, das wäre so weit richtig. Nun ist nur noch eine kleine Vorsicht übrig; Sie haben zwar ihre Einwilligung gegeben, aber ich kenne die Veränderlichkeit des weiblichen Geschlechtes zu gut, als daß ich nicht ein wenig sicher gehen sollte. Eure Entschliessungen sind mannigmal so dauerhaft als im April der Sonnenschein. Vielleicht ist es auch nur eine leere Grille von mir; aber wenn ich mich einmal um eine Sache annehme, so will ich sie auch nach meinen Kopfe ausgeführt haben. Sehen Sie, (er langt ein Papier hervor.) Da habe ich vorläufig eine Verpflichtung aufgesetzt; es ist keine Silbe mehr darinn als was Sie erst mündlich versprochen haben.

Felizitas. Wozu sollen denn die Weitläuftigkeiten? Sie hat ja unser Wort; und das wird hoffentlich genug seyn?

Biederfall. Wenn es ihr Ernst ist, so kann es Ihnen ja nichts verschlagen, wenn sie dieses

Wort

Wort auch schriftlich von sich geben. Lesen und unterschreiben Sie, so hat der ganze Tanz ein Ende.

Felizitas. Sehr mißtrauisch! Doch worüber wundere ich mich? —(zu ihren Schwestern) Was glauben Sie? sollen wir uns darauf einlassen?

Euphrosine. Was ist zu machen? Wir werden seine Zudringlichkeit am ersten los, wenn wir seinen Eigensinn befriedigen.

Antoinette. C'est pour moi toute la meme chose! Wenn Sie es billigen, lasse ich es mir auch gefallen.

Felizitas. So geben Sie her; damit Sie sehen daß wir auch nachgeben können, so wollen wir unterschreiben.

Louise.(für sich) Jezt ist es Zeit den Gefangenen auf freyen Fuß zu stellen. (Sie geht in das Kabinet zu Herrn v. Rosen ab)

Felizitas. (sezt sich mit dem Papier zum Tisch worauf Dinte und Feder steht, sezt eine Brille auf, ließt folgende Worte laut)
„Wir Endesunterzeichnete, verpflichten uns„

che ist geschehen; Lustig Mädchen, du bist also auch eine Braut; aber ich sehe noch keine Bräutigams.

Zwölfter Auftritt.

Herr von Rose stürzt aus dem Kabinet heraus. Louise und Vorige.

Herr von Rose.

Tausend Dank, bester theuerster Freund!
Euphro-⎱ — Da ist er ja! Mein liebster Me-
  ⎰ lisander!
Atoinet. ⎱ zugleich — Ah voilà mon Chevalier!
Felizitas ⎰ — Mein theurester Schweppermann!

Euphrosine. (Ihn bey einer Hand fassend) Sie haben mich ziemlich lang auf Sie warten lassen, Sie loser Mann!

Antoinette. (Nimmt ihn bey der andern Hand) Sie haben Ihre Stunde nicht gar zu pünctlich gehalten.

Felizitas. (Drängt sich zwischen sie hinein) Um Vergebung meine Damen, sie irren sich, Das ist ja mein Geliebter!

Euphrosine. Hören Sie Madam, hierinn verstehe ich keinen Scherz, das ist mein Geliebter!

Antoinette. Vous me pardonnerez mes Dames! Das ist meine Eroberung, die lasse ich mir nicht nehmen.

Feli-

Felizitas. Je zum Henker, Sie werden mir doch meinen jungen Schweppermann nicht abstreiten? (zu Rosen) So reden Sie doch, sind Sie nicht mein Liebhaber?

v. Rose. Ja.

Euphrosine. Was? Sind Sie nicht mein geliebter Melisander?

v. Rose. Ja.

Antoinette. Mais que veut dire celà? sind Sie nicht der Chevalier de Haute montagne, der mir heute sein ganzes Herz zum Eigenthum gab?

v. Rose. Ja doch, ich bin es auch.

Felizitas. Zum Geyer, wie kann denn das zugehen?

v. Rose. Sehr natürlich. Ich bin der Liebhaber von allen Dreyen. Ich bin der Schweppermann, Melisander und Hohen-

tnr (will auf Sophie los, Biederfall und v. Rose halten sie zurück.) Nichts, durchaus nicht! — Wir nehmen unsere Zusage zurück (zu Rosen) Sie sollen das Unthier in Ewigkeit nicht bekommen.

Biederfall. O dafür ist gesorgt; sehen Sie! (er nimt die Verschreibung heraus und ließt) „Wir Endesunterzeichnete & caetera & caetera„

Felizitas. Und Sie elender Strohmann! Sie haben sich auch zu diesem Schelmenstück brauchen lassen? — O daß ich doch gleich in einen Attila verwandlet würde, um Ihr verdammtes Affengesichte herunter zu reissen; Sie, — Sie abgefäumter Hagestolz!

Euphrosine. Ereifern Sie sich nicht Frau Schwester! So ein elendes Geschöpf ist unserer Entrüstung nicht werth; aber durch die beissendsten Satiren will ich ihm vor der ganzen Welt so lächerlich machen, daß ihn sogar die Gassenjungen auszischen sollen. Von heute an, will ich mir ein andere Wohnung suchen, und dem ins Gesicht speien, der mir sagt daß er mein Bruder ist. (ab)

Antoinette.. Was soll man sagen? c'est un allemand impoli, & ça suffit. Adieu mon sot de frere, nous nous voyons aujourd' huy pour la derniere fois. (ab)

Felizitas. O grosser Roland! wenn ich nur diesmal deine Stärke hätte. Aber bey deinem grossen Schwerde seys geschworen, daß euch meine Rache überall auf die Ferse nachfolgen soll.

Sophie. Liebste Mama — — —

Felizitas.

Felizitas. Schweig du Krokodill! Ich bin deine Mama nicht! Heyrathe deinen Erzschelm da, keinen Kreuzer keinen Heller sollst du von meinen Vermögen haben.

Biederfall. Ausser den 6000. fl. die Sie ihr schriftlich versichert haben (er ließt wie oben) ,, Wir Endesunterzeichnete verpflichten uns & caetera & caetera — — —

Felizitas. Bersten möchte ich! — Der Belzebub hat mich in das Haus geführt. Von der Stunde, von der Minute will ich keinen Augenblick mehr mit Ihnen unter einem Dache wohnen, haben Sie mich verstanden? (geht ab.)

Sechter Auftritt

kehrten Wahne; wenn ihr euch in ein paar Jahren hinter den Ohren kratzet, solls mich wenig bekümmern. (zu Sophien) Dein väterliches Erbtheil und die Ausstattung deiner Mutter will ich noch besorgen, das meinige wenn ich etwas hinterlasse, ist dir ohnehin gewiß; hernach bitte ich recht sehr, mich aber ungeschoren zu lassen.

v. Rose. Verehrungswürdiger Freund! Meine Dankbarkeit soll nur mit meinem Leben erlöschen, täglich will ich mich erinnern daß Sie der Beförderer meiner Zufriedenheit gewesen sind.

Sophie. Und ich werde mich bestreben durch eine beständige Ergebenheit ihre Güte zu vergelten.

Louise. Und ich gnädiges Fräulein, was soll denn ich sagen? Sie müssen mir erst Stoff geben, wenn ich meine Dankbarkeit eben so feurig ausdrücken soll.

Sophie. O meine Freundinn, Urheberinn meines Glückes! Die Beförderung deiner lebenslänglichen Zufriedenheit soll mir so sehr als der Genuß der meinigen am Herzen liegen.

Biederfall. Ey was das für Sprünge sind; doch nein — dasmal habe ich Unrecht; ich bin eben so kindisch über das Glück meiner Freyheit. Kommt laßt uns jedes das seine geniessen. (gehen ab.)

Ende des Lustspiels.